❘ 김일영의 두 번째 작품집

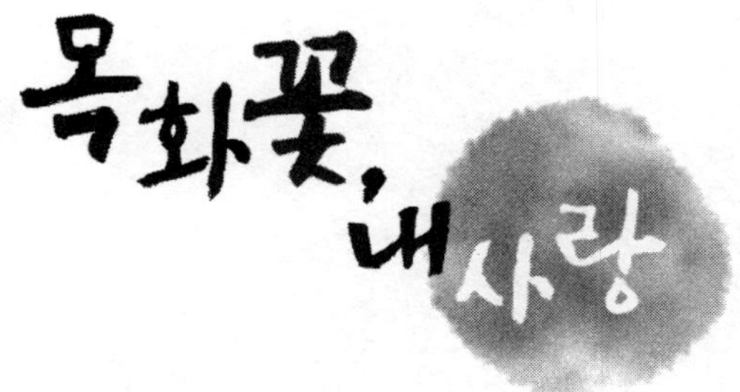

목화꽃, 내 사랑

김/일/영

새미

김일영(金一英)
필명 : 김준영(金俊泳)

충남 당진 출생
경북대학교 사범대학 국어교육과
서울대학교 인문대학원 국어국문학과(석사)
경북대학교 대학원 국어국문학과(박사)

1992년 〈날개달기〉로 희곡문학상 수상 등단

대구한의대학교 교수

작품집 『날개달기』(2001년, 새미)
저 서 『연극총론』(2002년, 느티나무)
       『라디오시네마』(2002년, 중문) 외 15권

두 번째 작품집을 내면서

첫 번째 작품집 『날개달기』를 출간한 지 4년이 지났다. 이제 첫 번째 작품집에 실린 것들과는 형식이 조금 다른 작품들을 모아서 출판한다. 형식이 조금 다르다는 말은 여기에 실린 작품들을 대본으로 하여 공연을 하자면, 그 공연 양식이 바뀐다는 말이다.

이 작품집에 실린 작품들은 오페라 대본으로 사용되었거나 오페라 대본으로 사용될 수 있는 것들이다. 가사에 곡을 붙이고 음역을 달리 하는 가수들이 노래를 하면 오페라가 된다. 그런데 이 작품들이 지향하는 바는 오페라 대본 이전에, 우리말이 지닌 시적 성격을 잘 드러나게 하는 운율적 표현이다. 다시 말하자면 반드시 음악과 접목시키지 않고 그냥 읽어보더라도 언어 그 자체에 들어 있는 음악성이 드러나게 해 보자는 의도를 가지고 쓴 작품들이라는 것이다.

현재 우리말은 우리말이 본질적으로 가지고 있던 독특한 성격을 잃어버리고 언어와 문자가 따로 존재하는 방향으로 바뀌고 있다. 방송 매체에서 수없이 쏟아져 나오는 우리말들은 이제 껍데기만 남았다. 말을 하면서 말을 하는 것이 아니라 '책읽기'를 하는 것 같다.

말이란 곧 사람이라는 명제가 이제는 빛을 잃게 된 듯하다. 말에서 아름다운 기름기가 사라지고 삭막한 소리만 남았다. 말에서 느낄 수 있는 기름기는 운율과 억양에서 온다. 운율과 억양이 살아 있는 말은 듣는 이들의 힘을 돋구어준다. 그래서 시는 아직도 우리의 삶에서 버릴 수 없는 것이다.

우리말을 리듬감 있게 쉽게 하기 위해서는 3음보 혹은 4음보 정도의

호흡 길이가 있어야 한다. 그것은 자연스럽게 7·5조의 표현으로 정착한다.

7·5조는 음악과 결합하기에도 아주 편리한 소리의 숫자이다. 여기에 실린 작품들은 주로 이러한 음악성을 기초로 하여 창작되었다.

여기에 실린 작품들의 소재는 주로 과거의 사실에 기초를 둔 것이거나 번안 혹은 각색한 것이다. 이는 현재의 삶이란 과거와 단절될 수 없다는 필자의 생각을 드러내는 증거라고 하겠다. 〈목화꽃, 내 사랑〉은 문익점, 〈무영탑〉은 아사달과 아사녀, 〈솔바람소리〉는 김대건, 〈풀잎사랑〉은 허준을 주인공으로 하였다. 〈태형〉은 김동인의 소설을 각색한 것이고, 〈귀촉도〉는 베르디의 오페라 〈아이다〉를 번안한 것이다. 〈장어선생〉만 특정 인물이나 특정 작품과 연관을 가지고 있지 아니하다.

과거를 거울삼아 현재를 운용하는 것이 현명한 일이라고 말들을 한다. 그래서 과거를 타산지석으로 삼으라고 한다. 그렇지만 사람들은 현재에 얽매여 과거를 버리며 살고 있다. 이에 대한 각성이 여기 실린 작품들이 갖는 전체적인 의미라고 하겠다.

〈목화꽃, 내 사랑〉은 2003년 대구오페라하우스 개관 기념작으로 공연되었다. 오페라로 공연될 때의 작품명은 〈목화〉였다. 이 때에는 이태수 교수가 윤색한 대본에 곡을 붙였다. 작품공연은 김완준 관장의 노력으로 이루어 졌다. 작품집에서 이름을 〈목화꽃, 내 사랑〉이라고 한 이유는 이 작품 창작 당시 필자가 정한 제목이었기 때문이다.

〈무영탑〉은 2000년 경주세계문화엑스포 행사 때에 경북오페라단이 불국사 경내에서 공연하였고, 2004년 대구국제오페라 페스티벌에서는 디 오페라단이 공연한 작품이다.

〈태형〉은 2003년 무대공연예술지원 작품으로 디 오페라단에서 공연한 작품이다. 〈장어선생〉도 디 오페라단에서 공연할 예정인 작품이다. 그러고보니 필자와 디 오페라단은 오페라를 만드는 데에 멋진 짝꿍으로 보인다.

〈솔바람 소리〉,〈풀잎사랑〉은 선각자가 걸어야 하는 고통과 그것을 통하여 많은 사람들에게 희망을 줄 수 있음을 노래한 작품들이다.

〈귀촉도〉는 서양의 오페라 대본도 읽기만 하는 문학 작품으로 만들 수 있다는 생각에서 번안을 해 본 작품이다.

이상의 작품들이 갖는 공통적인 특징은 경계를 뛰어 넘는 사랑을 주제로 하고 있다는 점이다. 국경을 뛰어 넘는 사랑, 지역을 뛰어 넘는 사랑, 신분을 뛰어 넘는 사랑 등등이다. 우리에게 사랑이란 참으로 소중한 재산이다. 인간만이 가질 수 있는 재산이다. 그럼에도 불구하고 인간들은 그 사랑의 실천에는 옹색하다. 인간이기 때문이다.

관현악단의 반주가 없어도 소리 내어 읽을 수 있는 작품들이 되길 바란다.

2005년 7월 상순
비슬산을 바라보며
김 일 영 씀

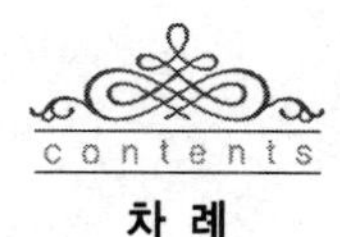

차 례

목화꽃, 내 사랑

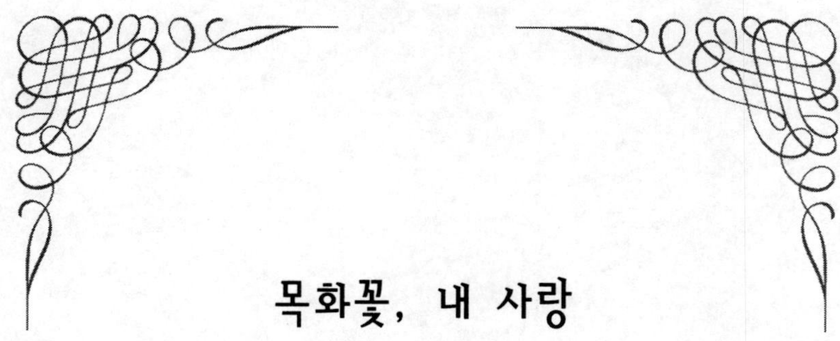
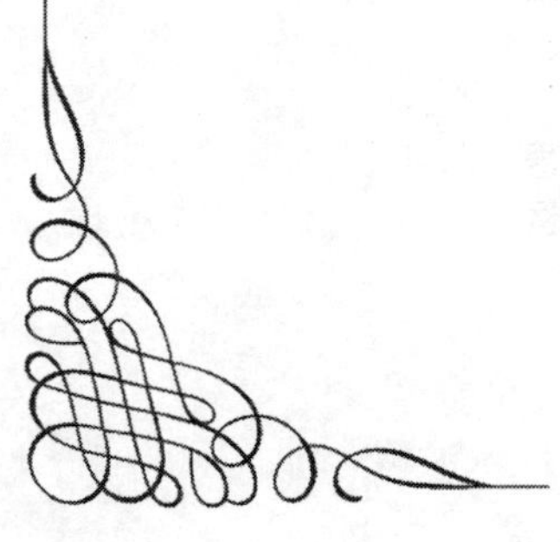
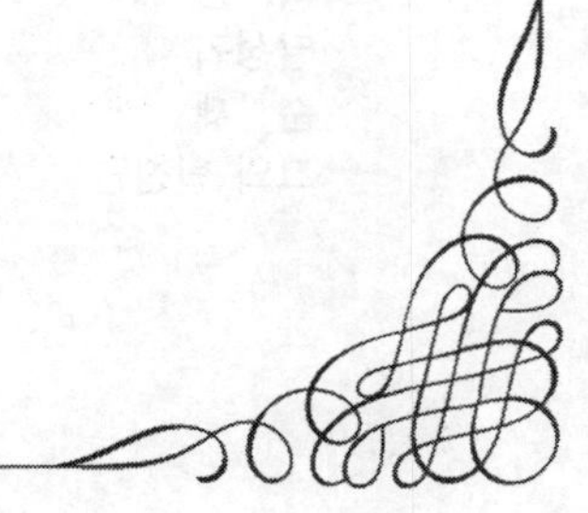

춘 백	문익점
스텔라	향 아
슈테판	원나라 순제
미 영	이공수
달성귀	최 유
순 제	기타 주민들
그외 합창단	기타 시종들

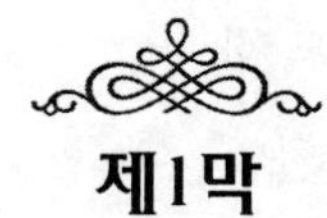

제1막

- ❧ 장소   밀라노 두오모 거리
- ❧ 시간   현 대
- ❧ 등장인물

    춘 백
    스텔라
    슈테판
    미 영
    그외 합창단

두오모를 배경으로 한 밀라노 거리
밝은 느낌의 음악이 흐르는 가운데에
여러 사람들이 노래를 하면서 모여든다.
인사도 하고 속삭거리는 사람들
두오모를 쳐다보기도 하고 상가를 기웃거리기도 한다
모여서 합창단이 된다.

합 창   세계는 하나, 우리도 하나
       지구의 이 편에서 지구의 저 편까지

서로 서로 손을 잡고 살아갑시다
바다 위에 떠오르는 태양과 같이
솔바람 일으키는 달님과 같이
서로 서로 이해하고 도우면서 삽시다
세계는 하나, 우리도 하나

춘백 등장

춘 백   나는 해뜨는 동방의 나라 한국에서 온
춘백이라오, 춘백이라오
봄이 되면 피어나는 꽃이라는 뜻이오
나 이제 동방의 나라로 돌아가
아름다운 옷감 만들어
패션의 해가 뜨는 꿈을 이루리
그리하여 진정한 춘백이 되리
모든이에게 즐거움 주는 춘백이 되리

스텔라가 다가온다.

스텔라   춘백이여, 봄의 희망이여
여기를 떠나지 마오 나를 떠나지 마오
그대의 열정은 어디서도 필요한 것
그대의 재치는 나를 일깨우는 햇살
그대여 나를 떠나지 마오
이제서야 그대에게 나의 사랑을 고백하오
춘백이여 가지 마오

춘 백   여기서 보낸 5년의 세월
당신이 있었기에 행복했다오
그대가 보여준 따뜻한 정은
어디를 가도 언제라도 잊지 못할 것이오
나의 꿈은 내가 자란 그곳에서 이룰 것이오

나의 꿈은 우리 겨레의 부흥이라오
거기서 몸바쳐서 일할 것이오

스텔라　사랑은 눈으로 보고 손으로 만져 보며 만족하는 것
그대 오늘에 이르기까지 나는 기다렸다오
춘백이여, 하늘을 두고 당신을 사랑하오
여기서 닦은 지식 활짝 펴 봅시다

슈테판 등장
스텔라를 향하여 노래한다.

슈테판　사랑에 눈이 멀면 세상이 안 보이는 법
세상이 안 보이면 자신이 무엇인지도 모르는 법
스텔라여 당신은 춘백을 잡지 마오
춘백은 민족 위한 사명 띠고 이땅에 왔소이다

스텔라　그런가요?

춘　백　그렇소.

스텔라　그것이 나의 사랑과 함께 할 수는 없나요?

춘　백　그렇소.

스텔라　이런 고집불통!

슈테판　그런 고집불통이기에 여기서 5년을 견디었소
누구도 반겨않는 이국땅에서
민족 위한 사명 위해 5년을 견디었소
그가 가진 민족애에 머리가 숙여지오

스텔라　당신은 춘백이 필요하지 않나요?
그 굳셈, 그 당당함, 그 강인함

슈테판 왜 아니 필요하겠소
        시간을 기다리고 있소이다
        우리는 언제든지 춘백이 필요하고
        춘백은 언제든지 우리가 필요하오
        그때를 기다리오

스텔라 그러다가 춘백과 우리가
        다시 만나지 못하면 어찌하리오

슈테판 그거야 춘백이 우릴 위해 바라는 바

스텔라 우릴 위하다니요?

슈테판 춘백은 이미 나의 맘을 알고 있소
        내가 당신을 사랑한다는 걸

합창단 노래한다.

합창단 스텔라는 춘백을 사랑하고
        스텔라는 춘백을 사랑하고
        슈테판은 스텔라를 사랑해
        슈테판은 스텔라를 너무 사랑해
        이럴 때에 춘백은 누구를 사랑하나

슈테판 숨겨논 사랑 찾아 춘백은 떠난다네

합창단 숨겨논 사랑?

스텔라 그에게 그런 건 없어
        여기 있는 누구도 그의 애인 아니야
        그의 고통 알아준 사람은 나뿐이라오

슈테판 그의 애인 지금도 기다린다네
        정화수 떠놓고서 빌고 있다네

　　　　　춘백이여 어서 빨리 돌아오라고
　　　　　많은 지식 익히고서 돌아오라고

미 영　그대가 떠난 지 5년이 되었어요
　　　　그대 떠난 5년간 매우 힘이 들었어요
　　　　과거에 매달리는 어리석은 사람들
　　　　미래를 내다봐도 별이 없는 상황에서
　　　　그대의 신지식을 목말라 기대하며
　　　　멈춰선 기계들만 바라보고 있답니다

춘 백　이제는 내 가리다, 그리운 그곳으로
　　　　그대의 모습이 눈앞에 어른거려
　　　　하루 빨리 내 나라로 돌아가고 싶소이다
　　　　얼마간만 기다리면 얼굴 마주 하리다

미 영　그대가 가지고 올 희망의 씨앗틔워 우리꿈 키워내고
　　　　우리 희망 이루면서 민족위해 일합시다
　　　　섬유 패션 이제는 산업이자 예술인데
　　　　모두가 말만 하고 실천은 안 한다오
　　　　모두가 말만 하고 실천은 안 한다오

춘 백　그런 일을 우리가 해봅시다, 우리가.

미 영　그날을 기다리오.

스텔라　그래도 나는 그를 보낼 수 없어
　　　　　지금까지 보아온 모든 남자를
　　　　　모두 다 묶어도 춘백만 못해
　　　　　춘백은 나에게 희망을 준 남자

슈테판   당신은 어이하여 내 사랑을 몰라 주오
         갈 사람은 가야 하고 남을 자는 남는 것
         당신이 춘백을 사랑하여 그를 붙잡는 것은
         춘백의 희망을 싹부터 자르는 것
         그대여 춘백을 놓아주오
         춘백을 대신하는 내가 있지 아니하오

스텔라   어리석은 슈테판여, 어리석은 슈테판여
         그대는 사랑을 돌아가며 하는가요
         밤하늘에 별이 많아도 내 별은 하나인데
         춘백이 가고 나면
         춘백이 가고 나면
         나에게는 별이 사라지는 것이라오

슈테판   사라진 별은 잊어야 하는 법
         중요한 건 내가 당신을 사랑한다는 일

스텔라   더 중요한 건 나는 당신을 사랑하지 않는다는 것

슈테판   도대체 춘백은 어떤 자이길래
         스텔라의 혼을 송두리째 빼앗았나
         춘백이 어떤 자이길래

합창단이 대답한다.
민요조로.

합창단   경상북도 의성 땅, 춘백이 태어난 곳
         의성 땅은 지난날 목화심어 번창한 곳
         문익점의 손자가 목화를 장려한 곳
         거기 살던 사람들은 목화가 제일이네
         무명 한 필 있으면 큰 재산 되었지

길 떠나는 낭군에게, 과거 위한 아들에게
아낙네는 무명 삼아 노자로 주었다네
거기서 자란 춘백, 무명을 못 잊어서
섬유 산업 패션 산업 발달시켜 보자고
허위단심 여기까지 허위단심 여기까지
5년 전에 왔다네, 5년 전에 왔다네

춘 백 나는 지금껏 문익점 선생의 정신으로
고통을 감내하며 학문과 기술을 익혀왔네
이제는 돌아갈 때야, 이제는 돌아갈 때

합창단 박씨를 문 제비처럼 춘백은 간다네
흥부에게 전해준 박씨를 문 제비처럼
춘백은 훨훨 날아 동방의 나라로 갈 것이라네
문익점의 정신으로 무장하고 간다네

스텔라 나도 함께 갈 것이오.

슈테판 나도 가리다.

춘백 · 스텔라 · 슈테판 3중창

춘 백 지나간 5년 동안 그대들 고마웠소
그대들의 정성을 내 어찌 잊으리오
나 이제 조국에 돌아가도
그대들을 기억하고 여기서 배운 지식
헛되지 않게 하리, 헛되지 않게 하리
갈 길이 바쁜 내게 사랑일랑 말마시오
문익점의 영광을 되찾는 날
내 다시 찾아오리

스텔라 지나간 5년 동안 나에게 보여준
그대의 용기, 그대 조국에 대한 사랑

참으로 놀라운 것이었소
그대 이제 여기를 떠나가도 언제까지나
그대의 자리 비워두고 기다리리
조국을 떠난 자가 편안함을 버리고
조국 위해 일하려고 다시 돌아가는 것을
나의 사랑 실현 위해 무슨 수로 막겠는가

슈테판 지나간 5년 동안 나는 매우 슬펐다오
내 사랑 그대가 내 생각은 하지 않고
날더러 그대를 잊으라니
조국 떠난 춘백에게 미움만 커진다오
이제는 간다하니 웃으면서 보냅시다
우리는 우리 길로, 춘백은 그의 길로
용기 내어 갑시다, 과거에 집착말고
용기내어 갑시다, 앞으로 갑시다

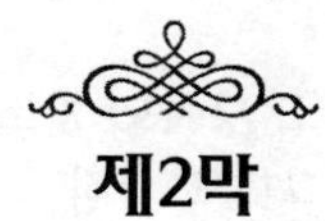

제2막

✦ 장소　　　중국 원나라 황제 접견실
✦ 시간　　　1364년
✦ 등장인물

　　　　문익점
　　　　향 아
　　　　원나라 순제
　　　　이공수
　　　　최 유

1363년 이공수의 서장관으로 원나라에 가 있는 문익점
원나라 순제를 만나기 위해 궁궐에 온 문익점
거기에서 최유를 만났다.

최 유　그대는 고려의 젊은 서장관
　　　　나는 고려를 건지려는 의기찬 남아
　　　　우리 둘이 손잡고 거사를 해봅시다
　　　　그대 지식 나의 용기 합쳐봅시다

백성이 어려운데 벼슬한들 무슨 소용

문익점 이리 보니 그대는 고려의 역적
　　　　고려에서 죄짓고 도망쳐온 죄인이네

최　유 그런 말은 당치 않소 당치도 않소
　　　　내 자신 역적이면 그대도 역적

문익점 아니 무슨 해괴한 말
　　　　함부로 입을 놀리지 마오

최　유 나를 따라 새나라를 세워봅시다
　　　　임금을 바꾸고 태평천하 만듭시다
　　　　그대에게 후한 상을 얼마든지 주리다
　　　　그대가 참여하면 역적이 되겠지만
　　　　역적의 끝에는 충신이 있다오
　　　　고려의 민초들은 우리를 기다리오

문익점 교활한 재주로 나를 유혹하는군
　　　　하나뿐인 세 치 혓바닥 다치지 않으려면
　　　　아무 말 하지 말고 얼른 사라지시오
　　　　고려가 어려운 건 당신같은 역적 때문

향아와 시녀들 들어오다가 멈춘다.

최　유 아니, 역적이라니
　　　　나를 내친 그대가 역적 될 날 있으리다
　　　　그때에는 후회해도 엎어진 물일거요

문익점 그대에게 새 물그릇 달라하지 않을테니
　　　　아무 걱정 하지 말고 어서 사라지시오
　　　　그대가 가지 않으면 내가 나가버리리다
　　　　조국을 버린 자가 무슨 충성한단 말요

최　유　나에게는 아직도 고려가 있소
　　　　내가 모실 임금님도 여기에 있소이다

문익점　그대가 고려 사람이라면 나라 걱정 하시오

최　유　나라 걱정 하다보니 의기를 세운 거요
　　　　새로운 왕 아니면 고려는 망합니다

문익점　그대가 모시려는 새로운 왕이 누구란 말이오?

최　유　누군지 알려 주면 협조를 하시려오?

이공수 등장

문익점　역적의 괴수를 알면 내 할 말이 있소이다

이공수　우리나라 사람들끼리 오손도손 모였구려

최　유　그렇군요. 아하, 그렇습니다.
　　　　하하하

시종 등장

시　종　황제 폐하 납시오.

순제 등장. 모든 사람들 부복

순　제　오늘은 아주 즐거운 날이로군
　　　　그대들 먼 곳에서 오느라 고생 많았소.
　　　　변방국의 임금이 황제를 찾는 것은
　　　　언제나 당연한 일
　　　　그대들은 우리의 손과 발이오

최 유   황제 폐하 그 말씀은 백만번 지당하오
        누구라서 그 말씀을 거역할 수 있사오리
        우리의 좁은 소견, 냇가의 고기라면
        황제의 넓은 아량, 호수의 물이옵니다

순 제   그대의 말은 아첨이 분명한데
        내 듣기엔 그다지 싫지는 않소
        물고기는 물이 있어야 살 수 있는 법
        중원 땅은 그대들의 연못이라오
        마음대로 놀 수 있게 해드리리다
        나의 맘에 들기만 한다면 말이오
        하하하하하

문익점   황제 폐하, 저의 말씀 들어보소서
        저희가 손발이면 폐하는 몸통인데
        손발이 부실하면 몸통은 어찌되며
        저희가 물고기고 폐하가 연못이면
        연못의 찌꺼기를 물고기가 없애는데
        간사한 자의 말을 듣고 기뻐하지 마옵소서

순 제   아니 나에게 그런 말을 하는 그대는 누군고?

이공수   저희와 함께 온 서장관 문익점이옵니다.

순 제   서장관?

이공수　그렇습니다.

순　제　그렇다면 글줄이나 읽었다고 뽐을 내겠군

이공수　급제한 후 좌사 좌정언 벼슬을 제수받고
　　　　저를 따라 예까지 왔나이다.
　　　　올바른 학문을 고집하고 효성이 지극한 사람이옵니다

순　제　효성이 지극하다?

이공수　그렇습니다. 고려국 강성에서 평판이 자자하옵니다

순　제　평판이 자자하다?

최　유　폐하, 꾸짖을 일이 있으시면 이 자리에서 하시오소서

순　제　그래야겠군. 이 자에게 예조 시랑 관직을 맡겨라

모　두　예에?

최　유　폐하, 급히 서두실 일이 아니옵니다.

순　제　그대가 꾸미는 일을 내 알고 있으니
　　　　이 자도 이렇게 길들이는 것
　　　　저런 기개, 저런 용기 필요한 것이오
　　　　굽은 것을 펴는 것은 오로지 용기

최　유　폐하의 높은 뜻 알겠나이다.

이공수　축하하오, 서장관. 진심으로 축하하오
　　　　중원에 이르러서 벼슬하는 고려인 없지 않으나
　　　　이렇게 폐하께서 제수하신 경우는 많지 않으니
　　　　고려인의 기개를 보여줍시다

문익점　어느 줄이 긴 것인지 대봐야 아는 법
　　　　어느 쪽이 옳은 지는 시간이 해결할 일

변방에서 왔다고 괄시마시오
책으로 배우는 건 매한가지요
물고기가 자라서 고래가 되면
망망대해 어렵잖게 헤엄친다오

순 제 됐소, 됐어. 우리에게 필요한 건
바로 그대같은 인재요.

순제, 주위를 둘러본다.

순 제 자, 이제 이 고려인을 누가 시중들겠는가?

향 아 저에게 맡기시면 빈틈없이 하겠나이다
이 몸이 비록 고려인은 아니지만
서장관을 모시는 데에는 조금의
어려움이 없을 것입니다

시 종 아니, 너는 이 궁궐에서도 지조가 있기로
이름이 있는 여자가 아니냐?

향 아 그렇사옵니다. 그렇사옵니다.
그건 지금껏 저의 마음에 드는
남정네가 없었기 때문이었지요

최 유 나에게는 그렇게도 박절하게 대하더니
말 한마디 나눠보지 않은 이 자에게는
몸을 바치겠다는 말이다 이 말이렸다.

향 아 몸을 바치겠다고는 하지 않았소
그대는 똑같은 고려인이면서도
서장관과 생각하는 바가 어찌 그리 다른가

최 유 네가 나에 대해 무얼 안다고 하는 소리냐?

향 아 그대의 행동거지 오랫동안 보아왔소
       서장관과 나누는 대화도 들었다오
       서장관은 사나이 중의 사나이라오

이공수 문익점, 오늘 그대는 물 속에서 나왔구려
       사신인 나에게는 이런 대접 없는데
       그대 향한 접대는 하늘처럼 올라가오
       고려에 돌아가면 자세히 알리리다

문익점 향아, 향아. 그럴 필요 없소이다
       나라를 떠나오면 고생문이 훤한 건데
       고생하며 고국사랑 다지는데
       일신 평안코야 어찌 나를 지키리오

이공수 그 말도 내 꼭 우리 임금님께 전하리다
       그대의 말 한마디 한마디가 우리를 가르치오

향아와 문익점의 이중창

향 아 그런 각오 있으시면 무엇이 두려울까
       저의 시중 받으셔도 마땅한 일입니다
       남자가 하늘이면 여자는 땅이온데
       무엇을 어려워하시나요
       이국 삶의 어려움은 외로움이 첫째라오
       이 몸이 그대와 말벗이 되어드려
       하시는 일들이 잘되기만 한다면
       오늘 만남 영영토록 그 빛을 발휘하리

문익점 외로운 나그네 길 집 나설 제 각오했고
       불 밝히고 서적 읽어 새 지식 쌓으리다
       그대의 측은지심 나에겐 영광이오
       그대를 여장부라 부르리
       남의 나라 남정네를 한눈으로 알아보고

주저 없이 선택하는 그대 용기
가상하오 그대 말만 듣고서도
오늘 만남 영영토록 그 빛을 발휘하리

모두 함께 노래한다.
최유는 슬그머니 사라진다.

다 같이 오늘은 즐거운 날 새로운 만남의 날
고려국의 서장관이 원나라의 벼슬 땄네
황제 폐하 은덕으로 서로 믿음 굳어지고
서장관의 용기는 우리를 일깨우네
향아의 고운 마음 잔디 위의 햇볕이라
애초에 먹은 마음 변치 말고 실천하게

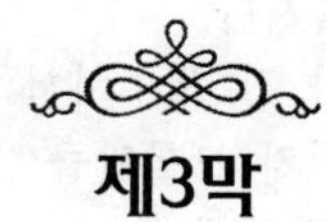

제3막

<ul>
<li>장소   중국 원나라 황제 집무실</li>
<li>시간   제2막으로부터 열흘 후</li>
<li>등장인물</li>
</ul>

> 문익점
> 향 아
> 원나라 순제
> 최 유
> 기타 시종들

순제의 집무실로 문익점이 들어온다.
이미 최유가 와서 순제와 이야기를 나누고 있다.

시 종   고려국 서장관 듭시옵니다

최 유   서장관, 그 동안 평안하셨소?
　　　　 나라를 떠나 사는 것이 쉽지는 않을 것이오

문익점   폐하의 보살핌으로 잘 있습니다

　　　　　다만…

순　제　다만? 아니 무슨 좋지 않은 일이라도 있었소?

문익점　아니올시다. 아니올시다
　　　　　다만 향아가 너무나 잘 해주어서
　　　　　여기가 남의 나라인지 모를만큼
　　　　　편안합니다. 향아 덕분에.

순　제　그리하여 짐이 향아도 오라고 하였소

문익점　무슨 특별히 하실 말씀이라도?

최　유　그렇다오, 그렇다오. 황제 폐하께옵서
　　　　　당신의 거동을 얼마간 살피신 후
　　　　　그 거동 맘에 들어 그 거동 맘에 들어
　　　　　중요한 말씀을 하시고자 이렇게 부르셨소

문익점　이 몸은 고려국의 신하로서
　　　　　내 나라 안녕과 번영을 바랄 뿐이오
　　　　　황제께선 이 마음을 아실 것입니다

순　제　알다뿐이오, 알고말고요
　　　　　그대의 지고지순 애국심을
　　　　　내 어이 모르리까
　　　　　최유의 애국심도 그에 못지 않으니
　　　　　나라 사랑 민족 사랑 고려인이 부럽소

시　종　향아 듭시오

향　아　공경하올 황제 폐하, 향아입니다
　　　　　부르심을 받자옵고 급히 달려 왔나이다
　　　　　서장관을 잘못 뫼셔 꾸짖을 양이시면
　　　　　이 자리를 나가지 못하게 하옵소서

순 제   아니로다, 아니로다, 그것이 아니로다
         달나라의 요정같은 너의 마음이
         고려국의 서장관을 녹여 놓았다
         그리하여 내 오늘 너에게 상을 주리

향 아   저에게 주실 상은 서장관께 주시옵고
         서장관께 주실 비난 저에게 주옵소서

최 유   허어, 향아가 서장관에게 홀딱 반했군
         서장관, 그 비결이 무엇인지 알려주오
         나는 여기 살며 향아에게 눈짓해도
         웃는 얼굴 한 번도 본 적이 없소이다

순 제   나는 알지, 향아가 서장관에 반한 이유
         서장관은 마음 속에 화로를 담고 있소
         나라와 백성 위해 자기 몸을 사르려는
         향아는 그 불을 몸으로 느낀 거요

문익점   폐하의 그런 말씀 송구하기 그지 없소
         서장관의 할 일이란 이런 일 저런 일
         빠짐없이 기록하여 내 나라로 가져가서
         백성을 다스리는 지혜로 삼는 일

향 아   지금까지 많은 사신 여기에 왔사오나
         자기 직분 충실하게 이행하는 사람없고
         여기저기 놀이삼아 허랑방탕 하였는데
         이번의 서장관은 본분에 충실하니
         미천한 이 몸이 배울 것 많사옵니다

황제와 최유 이중창

황제·최유 이런 시대 이런 인물 어디에나 필요하네

지금껏 찾은 것이 바로 이런 인물일세
우리하고 손잡고서 야망을 펼쳐보세
중원을 호령하는 이 나라를 위해서
그대의 가슴 속에 담겨 있는 그 불을
여기에서 쏟아 보세, 부귀공명 제일이리

문익점 무슨 말씀이온지

향 아 이 분은 곧 돌아가야 할 몸입니다

순 제 너는 잠자코 있거라
너를 부른 건 우리를 도우라고 한 것이다

최 유 그대는 아는가, 고려국의 현실을
괴력난신 난무하는 어지러운 저 현실을

문익점 이 세상에 문제없는 나라 없고
불만 없는 백성 없소
모두가 자기할 탓

순 제 그대의 말 옳도다, 진정으로 옳도다
그러나 문제점은 어디에서 나오는가
다스림의 잘못인가 백성의 잘못인가
백성의 잘못이면 가르쳐서 고치지만
다스림의 잘못이면 어떻게 해야하나

최 유 그대는 알잖는가, 공민왕의 어리석음

향 아 노국공주 사랑했던 공민왕을 비난마오
임금도 인간인데 어찌 그를 비난하오
남자가 하늘이면 여자는 땅이라는데
땅 없는 하늘이 무슨 의미있으리오

순 제 너는 그만 입닥치고 저리가 있거라

가재는 게편인데, 너는 대체 무엇이냐?

문익점 황제시여, 황제시여. 사람을 핍박마오
　　　　하늘의 명을 받아 사람이 태어나면
　　　　사람마다 자기 구실 분명히 있건마는
　　　　직분을 빙자하여 억압도 한다오

순　제 고려국 서장관이 나의 스승 되겠구나
　　　　최유여, 이 자에게 본론을 얘기하라

최　유 그대여 들어보게, 나의 말을

문익점 그리하구려

최　유 그대도 아시리, 덕흥군이란 분을
　　　　고려국 충선왕의 출중한 아드님을

문익점 서자였지

최　유 그 분이 나라를 경영코자 힘을 쏟고 있으시네
　　　　어지러운 저 나라를 바로 잡아보자고

순　제 나도 그리 승낙했네, 고려 위한 결단일세
　　　　노국공주 죽은 넋이 지하에서 울고 있네
　　　　공민왕은 공주 따라 지하로 보내주고
　　　　밝은 천지 다스릴 덕흥군을 밀어 주세

최　유 그대에겐 부귀공명 저절로 굴러오네
　　　　여기에서 붓을 놀려 군사를 움직이면
　　　　그대는 의기남아 하늘이 도울 걸세
　　　　하늘이 낳은 사람 이름도 영원하리

향아가 문익점에게 다가온다.

향 아 비오는 날 태양은 모습이 간데 없고
       구름에 가린 달은 땅에서는 볼 수 없네
       그렇지만 해와 달은 그대로 있는 법
       지금 당장 어둡다고 하늘을 없애리까

문익점 최유, 당신. 그대의 아첨 친절
       이제야 본색이 드러났소
       과거엔 역적이나 개과천선 하게되면
       하늘을 바로 이고 웃음을 웃지마는
       역적이 역적으로 남게 되면
       갈 곳은 지옥불뿐

향 아 이 사람의 행동거지 여러 해 보아왔네
       아첨으로 황제의 귀를 가려
       이간질로 황제의 눈을 가려
       자신의 더러운 욕망을 채우려 하고 있소

순 제 아니, 그럼 나의 귀가 들을 말을 못듣고
       나의 눈이 멀어 볼 것을 못 보느냐
       내 말이 법인 줄을 너는 어이 모르는고
       나는 황제란 말이다

문익점 폐하, 그것을 왜 모르오리까
       이 자들이 황제께 농간을 부리어서
       하늘을 저버리는 나쁜 짓을 하고 있나이다
       이 자는 고려국에서 죄를 짓고 달아난
       죄인이란 말입니다

최 유 그러니 공민왕을 밀쳐내고
       새 왕을 옹립하자는 것이라오
       내가 죄인이라면 이 땅에서
       이렇게 살 수가 있겠소

순 제 이 땅에서 죄인이고 아니고는 내가 판단할 것이다
       황제 나라 안에서 너희가 왈가왈부할 것이 아니로다

최 유 지당하신 말씀이옵니다
       태양같이 분명한 말씀이시옵니다

순 제 그대에게 마지막으로 묻노라
       공민왕을 바꾸는 게 어떠하겠느뇨?
       젊은 그대 의기 보아 다시 한 번 묻노라
       그대의 부귀공명은 말 한 마디에 달렸다

문익점 황제 폐하, 저는 고려국인이옵니다
       오늘날의 고려왕은 원나라의 승인얻어
       천하에 밝히고서 왕위에 오르셨소
       이제 와서 몇몇 간신 입에도 담지 못할
       중상모략 일삼아서 황총을 흐리오니
       역적은 언제나 역적으로 남는 것
       충신은 불사이군, 나의 임군 분명한데
       내 욕심 채우고자 천명을 거스리리
       하늘을 바꾸지 못하고 부모를 옮길 수 없거늘
       그것이 군자의 도리이고
       충신의 길이온대
       어이하여 날더러 역적 길을 가라시오
       임금이 바뀐 후에 헐벗고 굶주린 백성들은
       그 누가 살피리오, 그 누가 불쌍히 여기리오
       폐하께선 최유에게 황천길을 알려주오

모두 긴장한다.

순 제 네가 정녕 나의 말을 듣지 않겠다는 거냐?

문익점 공자님이 대낮에 등불 들고 주유천하 하신 것은

                    사람을 찾고자 하신 것이었는데
                    폐하께선 밝은 햇볕 아래서도
                    검은 얼굴 흰 얼굴을 구별치 못하시오

최 유   아니, 이 놈이 뚫린 입이라고 함부로 놀리느냐

문익점   이 세상의 진리는 단순한 것이라오
          내 욕심 버리면 모든 게 순조롭고
          내 탓이라 살아가면 모두가 한 형제요
          그대는 황총을 흐리지 말고 자진하시오

최 유   폐하, 이 자는 보기와는 다르게 완강합니다

순 제   그대의 뜻이 가상하여 마지막으로 다시 묻겠다
          이번 거사에 협력할 뜻이 있느냐?

문익점   충신은 불사이군입니다

순 제   내 너를 가상히 여겨 이미 벼슬을 주었거든
          어찌 감히 충신을 들먹이는가

문익점   폐하가 저에게 벼슬을 내린 것은
          백성을 편히 살게 하고자 한 것이 아니라
          저의 조국을 망치려는 음모가 들어 있는
          해괴한 짓이었소, 해괴한 짓이었소
          그것은 나를 꼬득이려는 낚싯밥이었구려
          내 이제 그걸 알고 어찌 용납하리오

순 제   진정코 그대는 나에게 협조하지 않겠다?

문익점   충신은 불사이군
          명분없는 유혹에 내가 넘어가리까

최 유   향아는 어찌하리, 향아는 어찌 하리

향 아   열녀는 불경이부입니다
         내 다시 태어나도 서장관을 따르리
         열녀는 불경이부입니다

최 유   네 어찌 감히 열녀를 들먹이나

향 아   하늘 아래 인간은 모두가 같은 존재
         여인네라 하더라도 어찌 속이 없으리오

순 제   어떤 일을 당하여도 나를 원망하지 마라

최 유   이 자들을 극형에 처해야 합니다
         황제의 명을 거역한 자들이옵니다

순 제   이 자들을 만리 밖의 교지국으로 귀양보내고
         다시 살아서 돌아오지 못하도록 하여라.

시종들   예, 폐하. 명대로 거행하겠나이다

향 아   나는 오늘 보았네, 진정한 남아를
         세상의 모든 사람 명예에 굴복하고
         세상의 모든 사람 부귀에 절하는데
         오늘 본 고려국 서장관은 그렇지 않네
         간신의 꿀같은 말 바람에 날려보내고
         황제의 추상같은 명령도 봄날의 눈발이네
         궁궐에서 자라난 이 내 몸이여
         누구에게 기대살까 의심했는데
         오늘에야 주인을 극적으로 만났도다
         이내 몸은 그대의 아내가 못 되어도
         가까이서 음성듣고 발소리만 들어도
         콩닥콩닥 뛰는 가슴 언제나 간직하리
         그대는 이제 진정 나의 주인이어라

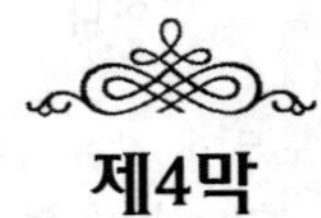

제4막

‖ 제 1 장 ‖

❧ **장소**　　교지국
❧ **시간**　　제3막으로부터 3년 후
❧ **등장인물**

문익점
향　아
달성귀
기타 주민들

문익점과 달성귀가 책을 손에 들고 즐거워 하고 있다.
두 사람이 함께 만든 「운남풍토집」이다.

달성귀　서장관 나리께서 교지국에 오시니
　　　　이렇게 좋은 책이 쉽게 쉽게 나왔네요
　　　　이곳의 사람들은 문자 속은 어둡지만

　　　　　마음은 순박하여 나리를 따릅니다

문익점　물설고 땅설은 이곳에서 그대 정성 아니더면
　　　　황제에 거스린 몸 어찌 보전하였으리

달성귀　그런 말씀 마옵소서, 향아가 있습니다

문익점　그 여자도 나에게는 무척이나 소중한 여인

달성귀　나리 처음 오셨을 땐 부인인 줄 알았지요
　　　　아직도 따로 사니 나리 결단 대단하오

문익점　향아는 나의 생각 알아주는 사상의 동지라오
　　　　어찌 잠깐 소홀하여 남녀 인연 망치리까
　　　　나는 내 길이 있고 향아는 그녀의 길이 있는 것이니

향아와 주민들 등장

향　아　나리께서 만든 책이 우리를 일깨우고
　　　　무더운 날씨에도 바른 행동 제시하네
　　　　여보시오, 사람네들 나리 은덕 잊지 마오

주민들　귀양오신 선비께서 우리를 위하여서
　　　　자기 몸 돌보잖고 사랑을 펼치시니
　　　　그대여, 여기에서 오래 오래 사십시오
　　　　우리들도 나리 위해 무엇이든 하오리다
　　　　이년 전에 오실 적엔 비단옷을 입었더니
　　　　지금에는 여기 옷인 무명옷을 입으셨네
　　　　실천으로 보인 용기 나날이 빛나리라

향　아　나리께서 입으신 옷 비단이 아니라고
　　　　모두들 애달파서 나리께 드리려고
　　　　돈을 모아 왔답니다, 저기 저 사람들이

주민들 귀한 양반 귀한 옷 당연한 일이온대
우리 위해 애쓰고도 남루한 무명이라
인간의 탈을 쓰고 고마움을 모르리까
몇 푼이 안 되지만 비단 입으시고
가죽신 신으시게 보태어 쓰십시오

달성귀 아까 제가 말씀드린 순박한 사람들이
정성을 모았으니 거절 말고 받으소서

문익점 나에겐 무명 옷이 비단보다 낫다오
이곳의 기후로는 무명이 제격인데
무엇하러 비단옷을 마뜩잖게 걸쳐입고
거드름을 피우겠나, 거드름을 피우겠나

향 아 여기 온 후 나리 모습 나날이 초췌해져
보기에 민망하니 비단옷을 입으소서
비단옷을 떨쳐 입고 훠이훠이 다니소서
저의 정성 다 바쳐서 마련해 드리리다

문익점 옷이란 신체를 보호하기 위한 것
내 몸이 초췌한데 비단옷을 입은들
그 무슨 소용이랴, 그 무슨 소용이랴

달성귀 나리 몸이 초췌한 건 여기 삶이 힘들어서
적응하기 어려워서 자연히 그런 거니
그런 생각하지 말고 비단옷을 입으소서

문익점 나의 몸이 초췌한 건 다른 이유 때문일세

향아 · 달성귀
다른 이유라시면?

주민들 고국에 둔 가족들?

문익점 아니

주민들 고국에 둔 친구들?

문익점 아니

주민들 고국의 임금님?

문익점 아니

달성귀 그러면 나리께선 무슨 걱정 하시나요?

문익점 춥고 배고픈 고려의 백성들

주민들 백성들?

문익점 그렇다네

주민들 임금도 아니면서

문익점 그렇다네, 임금님이라도 할 수 없는 일이니
        여기서 이렇게 걱정만 할 수밖에
        해결책이 꼭 한 가지 있기는 있네마는

향 아 그것이 무엇인가 말씀만 하소서
        저의 몸을 바쳐서 이루어드리리다

문익점 그것은 단순한 것, 아주 단순한 것이네

달성귀 말씀만 하소서

문익점 그건 바로 이곳의 무명을 고려국에 전하는 일
        자네 전에 길을 가다 목화를 본 적 있지
        목화꽃이 피고 나면 면화가 열린다고 자네가 말하였지
        향아는 목화꽃을 머리에 꽂았었네
        무명은 면화에서 나온 거라 자네가 말하였지

달성귀　그것은 분명한 진실이옵니다

문익점　고려국의 백성들은 입을 것이 마땅찮네
　　　　여름이면 모시 삼베 겨울이면 가죽옷
　　　　고관대작 부유해야 비단을 입고 살지
　　　　먹고 입고 자는 것은 인간의 세 가지 일
　　　　그 가운데 입는 것이 고려국엔 부실하네
　　　　내 몸의 초췌함은 그를 딱히 여기지만
　　　　해결할 수 없는 데서 생겨난 것이라네

향　아　나리께서 면화씨를 고려국에 전하시면
　　　　일석이조 해결이니 그렇게 하시지요

문익점　그래서 궁리하니 두 가지 문제로다
　　　　하나는 이 귀양이 언제나 풀리려나
　　　　둘째는 면화씨를 가지고 갈 수 있나
　　　　두 가지가 해결되면 나의 마음 편할 건데

향　아　나리의 애국심과 나리의 애족심은
　　　　두 가지 어려움을 손쉽게 해결하리

문익점　세상 일이 마음과 같으면 무슨 걱정 하리오

달성귀　나리시여, 나리시여. 면화씨를 들고 가면
　　　　국법에 어긋나서 심한 고초 겪습니다
　　　　고려국에 닿기 전에 하늘 먼저 닿으리다

향　아　나리를 위한다면 국법이 문제리오
　　　　나리는 목숨 걸고 우리를 살피는데
　　　　그대는 국법 핑계 저 살길 찾는구려
　　　　남정네란 알 수 없어, 저렇게도 비겁한가

주민들　겉으로는 고마운 척, 속으로는 실속찾고

            자기에게 불리하면 꼬리내린 저 엉터리
            우리도 도울 일을 찾아서 해봅시다

달성귀   향아여, 향아여. 나를 욕하지 마오
         나리 위해 한 말씀 올린 것 뿐이라오

주민들   면화씨는 내 가져오리다
         면화씨는 내 가져오리다

달성귀   그러면 그걸 누가 가지고 가지?
         관헌에게 걸리면 그날로 극형인데

향 아   면화씨만 가져오면 운반은 내가 하리
         은밀한 곳에 숨겨 아무도 모르게
         나리께서 가시는 곳 그곳까지 가져가리
         이 세상 어디라도 나리를 따라 가리

달성귀   아니, 은밀한 곳이라니?
         여자에게 은밀한 곳이라니?

향 아   지금은 말 못하오, 지금은 말 못하오
         다른 사람 알게 되면 모든 게 허사이니
         지금은 말 못하오

문익점   이제 남은 일은 귀양에서 벗어나는 것이로구나

달성귀   제가 적어 보낸 문서 황제께서 보시면
         쉽게 방면 되시리라 믿나이다

문익점   그 날이 언제올꼬?

향 아   면화씨를 따놓고서 시간을 기다리자
         오늘까지 나리 옆에 시중들며 살았는데
         귀양이 풀릴 날을 기다리지 못할 건가

여기온 지 삼년짼데 황제도 무심하지
저러한 의기남아 세상 위해 쓰지 않고
먼먼 땅 교지국에 삼년을 버려두고
눈가리고 귀가리는 간신들만 앞세우고
백성들 걱정하는 충신은 산 속에 가두었네

‖ 제 2 장 ‖

❤ 장소   고려로 가는 국경 부근
❤ 시간   제1장으로부터 몇 개월 후
❤ 등장인물
            문익점
            향 아
            순 제
            시종들
            기타 주민들

문익점과 향아가 국경 부근에서 대화를 나누고 있다.

문익점 향아야, 이제 내가 고국으로 돌아가는구나

향 아   예, 나리. 얼마나 기쁘시겠습니까?
        나리의 기쁨이 크실수록 저의 슬픔도 커집니다

문익점 너와 같은 여인이 이 세상에 있다는게
        참으로 향기로운 일이로다
        구름낀 하늘에도 달은 떠 있듯이
        세상이 진흙밭이 되어도 너는 연꽃이니라

향 아   이제까지 들은 말씀 중에 가장 좋은 말씀입니다

문익점 내가 그 동안 너를 너무 혹사시켰나보다

향 아 아니옵니다. 절대로 아니옵니다.
       나리를 위한 일이라면 어떤 일이라도
       즐겁고 또 즐거웠나이다
       예부 시랑 어사대부를 부모 봉양 위하여
       굳이 굳이 사양하고 고국으로 가시는 임
       만났던 것만으로 영광이고 영광이옵니다

우렁찬 군악 소리
시종 등장

시 종 황제 폐하 납시옵니다

문익점 황제 폐하라니?

시 종 연경에서 이별하시고 다시 여기까지 오셨나이다

향 아 면화씨를 가지고 왔기 때문인가요?

문익점 네가 은밀한 곳에 감추었다고 하지 않았느냐?

향 아 그러게 말입니다. 아무도 그곳은 알지 못할 곳인데요

순제 등장

순 제 찢어진 문틈으로 새어오는 불빛이
       온 방안을 밝히듯이
       자기 몸 태워가며 녹아드는 촛불이
       온 집안 밝히듯이
       그대의 곧은 절개 고려국을 밝히리라
       내 이제 그대에게 지난 잘못 사과하고
       어지러운 고려국의 횃불되라 격려하네

문익점 밤 하늘의 북극성도 구름끼면 빛을 잃고
    집채만한 돛단배도 파도치면 엎어지네
    폐하의 앞날에는 구름 끼고 파도칠 날
    수다히 많을테니 지혜를 잃지 말고
    옥체보존하소서

순 제 효제충신 있다하면 그 아니 즐거우랴
    내 그대 거울 삼아 백성을 다스리리
    위로는 임금 걱정, 아래로는 백성 걱정
    그대는 진정한 이 시대의 신하로다
    내 이 말 하고싶어 예까지 왔노라

문익점 오늘 같은 마음으로 고려국을 도우소서
    이웃한 나라끼리 의리를 고리삼아
    서로 존중한다면은 얼마나 좋으리오

순 제 이제부터 고려를 소국이라 얕보지 않으리라

문익점 부디 평안히 돌아가소서, 폐하

순 제 잘 가시게, 서장관

순제 퇴장

향 아 나리를 교지국에 귀양보낸 황제인데
    어찌하여 그다지도 겸손히 맞으시오

문익점 세상 일은 새옹지마, 세상 일은 새옹지마
    교지국에 귀양감은 나의 생명 보전하고
    고려국 사람에게 무명옷 입히도록
    하늘이 주신 기회, 전화위복 기회였네

향 아 나리의 생각은 참으로 교묘하여

　　　　　범접하지 못하리다

문익점　자기 일에 충실하면 그렇게 되느니라
　　　　　면화씨를 갖고 가니 이 내 가슴 설렌다
　　　　　고려 백성 추위는 조만간 물러가리
　　　　　그런데 면화씨는 어디에 숨겼느냐?

향 아　아주 은밀한 곳입니다

문익점　은밀한 곳이라니?

향 아　아주 은밀한 곳입니다

문익점　그 말이 꽤나 요상하게 들린다
　　　　　은밀한 곳이라니?

향 아　나리도 역시 남정네입니다

문익점　너에게는 그렇지 아니 하도다

향 아　은밀한 곳이란 붓뚜껑을 말합니다

문익점　내가 전에 네게 한 말 잊지 않고 있었구나
　　　　　갸륵하다, 향아야. 기특하다, 향아야
　　　　　몇 알이나 넣었는고

향 아　제일 큰 붓뚜껑에 열 개를 넣었어요
　　　　　씨를 얼른 틔워서 무명을 만들어서
　　　　　백성들 따스하게 지내도록 하오소서

국경의 병정들 다가온다.
문익점의 짐을 풀어 검사한다.
문익점의 짐 속에서 붓만 여러 개 쏟아진다.
병정들 재미없다는 표정으로 문익점과 향아를 쳐다보다가 가라고 손짓

한다.
병정들을 사이에 두고 선 문익점과 향아
이별을 아쉬워한다.

문익점 향아야, 이제는 영영 헤어져야 하나보다

향 아 이미 각오한 일이지만 가슴이 미어지오

문익점 향아야, 다시 만나자는 말은 하지 않으마
         너를 처음 만났을 땐 목화꽃 어여뺐고
         너와 헤어질 땐 면화솜 따스했다
         너는 나에게 목화꽃이었고 면화솜이었다
         내 여기 갖고 가는 면화씨를 틔워서
         거기에 피는 꽃을 너인 듯이 바라보마
         소박하나 아리따운 목화꽃을 너 본 듯이 바라보마
         사람이 만나면 언젠가는 헤어질 것
         우리 서로 공경하고 마음으로 사랑하다
         서로의 길이 달라 이렇게 헤어지니
         아쉬운 정일랑 저승에서 풀어보자

향 아 목화꽃 아니더면 면화솜 아니더면
         나리께서 이리 급히 고국에 가시리까
         붓뚜껑에 넣으신 씨 부디부디 잘 기르사
         거기에 핀 꽃들이 모두 다 저인 듯이
         알뜰살뜰 보살펴서 고려국 사람들이 춥지 않게 해주소서
         나리를 사랑함은 애국하고 애족하는 그 곧은 절개 때문
         나리를 가슴에 품고 중원을 주유하며 즐겁게 살아가리

문익점, 향아 이중창

문익점 · 향아
         목화꽃 내 사랑, 목화꽃 내 사랑

우리 여기 이별해도 목화꽃 사랑으로
서로 사랑 확인하며 앞으로 나아가리
목화꽃 내 사랑, 목화꽃 내 사랑

제5막

❤ 장소　　　대　구
❤ 시간　　　현　대
❤ 등장인물

문익점
향　아
춘　백
미　영
스텔라

대구 타워가 보이는 거리
패션 디자인 센터가 있다.
그 앞을 여러 사람들이 오가고 있다.
점차 센터 앞으로 사람들이 모여서 자연스레 합창단을 만든다.

합창단　지금부터 육백년 전 문익점이 살았대
　　　　애국 애족 문익점은 귀양살이 삼년만에
　　　　면화씨를 가져다가 산청에서 심었다네

면화 삼년 퍼뜨리니 온백성이 따뜻했네
목화꽃 사랑으로 우리 모두 편안하네
삼우당의 깊은 마음 오늘까지 빛이 있네

춘백과 미영 등장

춘 백　이제는 이 세상이 하나가 되었네
　　　　삼우당의 정신을 봇돌로 삼아
　　　　그 위에 패션을 꽃피워보세
　　　　새 시대의 목화꽃 사랑 시험해 보세
　　　　하나가 된 세상으로 나아가 보세
　　　　인터넷을 무기삼아 나아가 보세

미 영　당신 벌써 잊었나요, 우리의 맹세
　　　　웃으면서 평안하게 살아보자고
　　　　당신이 가는 것은 우릴 위한 희생이니
　　　　돌아오면 알콩달콩 살아가자고
　　　　그렇지만 당신은 달라졌어요
　　　　밀라노의 오년이 당신을 바꿨어요

춘 백　우리 여기 안주하면 편안한 세상
　　　　편안한 세상에는 발전이 없네
　　　　발전없는 인간사는 멸망의 길 걷는 법
　　　　밀라노의 오년은 나에겐 샘물
　　　　거기서 배운 지식 적절히 써서
　　　　삼우당의 정신을 실천합시다

미 영　삼우당은 이미 지난 역사 속 인물
　　　　지난 과거 집착말고 현실에 충실
　　　　허황한 설계라면 하지 맙시다
　　　　그 동안의 고생도 잊으렵니다
　　　　그대와 함께 하는 새로운 날엔

　　　　　남들과 같은 행복 누리렵니다

춘　백　인간의 행복이란 마음먹기 달린 것
　　　　나에게는 패션 도시 꿈이 있으니
　　　　그걸 위해 우리 함께 노력합시다

군중들　그럴 필요 없소이다, 전혀 없소이다
　　　　사업이 안 되면 문을 닫을 뿐
　　　　사업은 단순해야 하기 쉬운 법
　　　　새로운 시도에는 위험이 있고
　　　　언제 이득 생겨날지 어찌 알겠소

미　영　맞는 말이오, 맞는 말이오
　　　　인간의 생명은 유한한 것이라오
　　　　떠오르는 태양아래 이슬같은 것
　　　　이런 궁리 저런 궁리 하지 맙시다

춘　백　그러하니 더욱더 노력합시다
　　　　이슬이 사라져서 증기되듯이
　　　　모양은 바뀌어도 본질은 불변

미　영　당신이 아니어도 사람이 있고
　　　　본질도 중하지만 현상도 중요하오

스텔라 등장

스텔라　춘백 쫓아 여기까지 내가 온 것은
　　　　춘백의 용기가 가상하기 때문이오
　　　　여봐요, 미영씨 춘백을 위해
　　　　우리 함께 힘을 모아 밀어 줍시다
　　　　새 시대의 패션위해 몸바칠 춘백
　　　　그의 야망 그만한 가치가 있소

미 영 여봐요, 춘백씨 어찌된 일이요
         이 여자 의견 따라 당신 변했소
         이제는 나를 보고 말하지 말고
         당신 따른 저 여자 중히 여겨요
         당신들이 그렇다면 나는 물러가리다

춘 백 섣부른 판단일랑 하지 마시오
         헌 짚신도 저대로 짝이 있는데
         당신을 놓아두고 저 여자라니
         지난 오 년 당신 고통 왜 모르겠소

스텔라 내가 오늘 여기까지 찾아 온 것은
         패션으로 세계 통일 꿈을 꾸는 자
         그 자에게 힘을 주고 배우려는 것

미 영 세 치 혀로 가볍게 말을 만들어
         나를 위해 가식일랑 하지를 마오

춘백 · 스텔라
         삼우당의 정신을 되살립시다
         삼우당의 정신을 되살립시다

무대 위 공중에서 문익점과 향아가 내려온다.

합 창 문익점이 내려 온다, 향아가 내려온다
         육백 년이 지난 영혼 아직도 우릴 위해
         어려운 줄 모르고 삼우당이 내려온다
         목화꽃 사랑으로 슬픈 향아 내려온다

문익점 · 향아
         다른 사람 의심하고 못 믿으면
         이 세상은 험한 바다
         서로 돕고 협력하면 험한 길도 평화로워

　　　　　어느 길을 갈 것인가 지혜모아 선택할 일

미　영　지금같이 살아가기도 너무 힘이 드는데
　　　　　새 지식을 바탕삼아 새 기술을 개발하면
　　　　　그건 모두 자기 희생 쓸데 없는 짓
　　　　　누굴 위해 그런 일을 하려하나요

합　창　미영이의 그런 말도 맞는 말이오
　　　　　어려운 상황에서 고생하여도
　　　　　그걸 누가 진정으로 알아나 주나
　　　　　저 잘나서 그런다고 비아냥, 비아냥

문익점　그런 때엔 용기가 절대로 필요한 것
　　　　　알아주는 이 없다고 노력하지 않으면
　　　　　물에 빠져 돌을 든 채 나오려는 짓
　　　　　현실을 좀더 낫게 고치려 하면
　　　　　누군가의 희생이 있어야만 하는 것
　　　　　그렇다고 희생 대가 바라면 허사
　　　　　나의 노력 알아주는 이 하나 없어도
　　　　　나의 몸을 바쳐서 애를 쓰면은
　　　　　더 많은 사람들이 행복해 지네
　　　　　개혁이란 나를 부수는 것
　　　　　나를 부숴 남들을 행복하게 하는 것

춘　백　지금 사람들은 그걸 너무 싫어해
　　　　　단순히 지금, 단순히 지금
　　　　　이 시간만 중요해서 몸부림쳐요
　　　　　조금만 참아보면 꿀이 있는데
　　　　　벌을 먼저 잡아서 꿀도 먹지 못하네

향　아　이 몸이 죽어서도 행복한 것은
　　　　　장한 뜻 가진 분이 옆에 있어서

자나깨나 민족 위한 걱정을 하니
저 세상에 있어도 심심치 않네
살았을 때 육체향락 전혀 없던 것
정신으로 살아가는 저 세상에선
아무도 추종못할 자랑되었네
이보시게, 젊은 여인 그대의 협조없인
춘백의 용기가 쓸모없으리
남자는 여자가 다루기에 달린 법
그대여 춘백에게 용기를 주오

스텔라 내 여기 온 보람이 드디어 나타났네
해뜨는 동방의 조용한 나라
용들이 몸을 틀고 날아 오를 새로운 터전
그 터전에 삼우당이 우뚝 서 있네
동서양의 물꼬를 여기서 터야겠네
삼우당, 삼우당 우리게도 오소서

미영이 춘백에게 다정하게 다가간다.
그 동안의 오해가 풀린 듯

춘백 · 미영
삼우당이여, 향아여!
이제는 승천하소서
아무 걱정 마시고 승천 하소서
님들의 높은 뜻을 우리 알리니
새 시대를 열어갈 열쇠 삼아서
목화꽃 사랑이 패션 사랑되게 하리
목화꽃 사랑이 패션 사랑되게 하리

문익점과 향아 하늘로 오른다.

문익점 · 향아
　　　　인간의 삶에서 자기 희생은 언제나 필요한 것
　　　　남의 떡이 커보이니 그것을 따라가다
　　　　뒤에 남는 후회는 어떻게 감당하리
　　　　세계로 뻗어가는 섬유 패션 산업에도
　　　　누군가의 희생이 반드시 필요하네

군중들　우리 오늘 만난 사람 누구인지 알겠는가
　　　　육백년 전 몸바쳐 절개지킨 삼우당 선생이네
　　　　저승에서 잠못들고 아직도 민족위해
　　　　불러주면 어디에나 구름처럼 달려 오네
　　　　면화씨 주인이여, 목화꽃 사랑이여

미　영　내 이제 알았어요. 춘백씨의 진정을
　　　　삼우당의 말씀듣고 그대 뜻 고귀한 줄
　　　　지난 오년 기다리며 이런 생각 저런 망상
　　　　하룻밤에 지은 집도 열두채가 넘었지요
　　　　전전반측 잠못이뤄 새벽이 되어가면
　　　　그대의 건강 빌며 해뜨기 기다렸소
　　　　어서 와서 낭군되어 오손도손 살자고
　　　　손꼽아 기다리고 기다렸는데
　　　　당신은 또다시 고생길로 간다고하니
　　　　이 내 마음 아파서 투정을 부렸다오
　　　　넓으신 아량으로 양해하여 주소서

춘　백　그대 마음 그런 줄을 내 어이 모르겠소
　　　　그대는 나의 사랑 목화꽃 내 사랑이오

춘백 · 미영 · 스텔라 삼중창

　　　　우리 사랑, 우리 사랑 여기에서 맺을 사랑
　　　　목화꽃도 우리 사랑 축복하여 활짝 피고
　　　　면화씨도 우리 사랑 열매맺게 싹틔우고

우리 사랑, 우리 사랑 여기에서 맺을 사랑
섬유 패션 우리 사랑 새 시대의 살 길이네

전체 합창

사랑 사랑 우리 사랑 삼우당의 정신 위에
동서양의 화합으로 세계 하나 만듭시다
팔공산이 굽어보는 달구벌의 큰 도시
섬유 도시 바꾸어서 패션 도시 만듭시다
세계인이 부러워서 오고싶은 그런 도시
대구 속에 세계 심고 웃음꽃이 목화되는
그런 도시 만듭시다. 그런 도시 만듭시다

무영탑

아사달	아사녀의 부모
아사녀	부여 사람들
금 비	경주 사람들
고모래	아사녀의 부모
우 손	금비 아버지
스 님	걸 인 들
김대성	어린이 합창단
왕	그외의 군중들

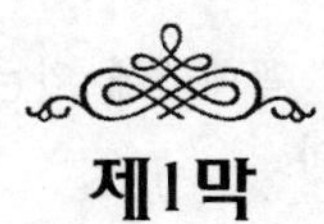

제1막

불국사 대웅전을 배경으로 하여 일꾼들이 탑을 세우기 위해 부지런히 일을 하고 있다.
탑을 세우기 위해 돌을 쪼는 아사달.
금비의 아버지가 오락가락 하며 이들을 감독하고 있다.
돌을 나르고 쪼으는 소리 여기저기서 들린다.

일꾼 1   불국사 대웅전 앞 다보탑이여!

일꾼 2   혼자서는 외로우니 짝을 짓고자

일꾼 3   다보탑 서쪽에 이 탑 세우네.

일꾼 4   대웅전을 중심으로 정삼각형 이루었네.

일꾼 1   통일된 이 나라가 불국토되라고

일꾼 3   김대성 시중께서 이리 하시니

일꾼 2   살아서 극락세계 바로 여길세.

일꾼 4   이 사람들아,
             이 토함산 맨 꼭대기에 있는 석불사 알지?
             석굴암 말이야.

일꾼 3   아무렴 서라벌에 사는 사람들 중에
             그걸 누가 모르겠나.

일꾼 2   자네는 왜 그런 걸 묻나?

일꾼 4   그게 누굴 위해 지은 건지 자네들 아나?

일꾼 1   아니, 이 사람아. 그게 무슨 말이야?

일꾼 4   무슨 말이긴,
             석불사가 누굴 위해 지은 사찰이냐니까?

금비 아버지   내가 말해도 되겠는가?

일꾼 4   몽매한 이 사람들 깨우쳐 주소서.

금비 아버지   토함산 꼭대기의 석불사는 전생의 부모를 위해서
             지은 거라네.

일꾼 2   전생 부모를 위해서요?

금비 아버지   그렇다네.

일꾼 1   그럼 현재 부모를 위한 사찰은 어디 있나요?

금비 아버지   그게 바로 여기 이 불국사라네.

일꾼들   어르신은 지식 많고 인격도 좋아!

금비 아버지   그 말은 듣기에 싫지는 않네.

일꾼들   그렇다면 부모 위해 탑을 세우세.
             어리석은 중생에겐 현세가 중요하다오.

금비 아버지   너희가 서 있는 이 불국사는
             이미 오래 전에 세워진 사찰
             통일된 지 백 년 지난 이 나라의 평온 위해
             온 나라의 힘을 쏟아 불사를 한다.

일꾼들   그렇지만 우리는 쓸모없는 일만 하네.
             중요한 일 모두 다 아사달에게 맡기니.

금비 아버지   그래서 그게 어떻단 말인가?

일꾼들   아사달은 뭐든지 천천히 하지요.

일꾼 1   저 사람의 머릿속엔 뭐가 들어 있는지.

일꾼 2   아무리 재촉해도 들은 척 만 척

일꾼들   아사달은 뭐든지 천천히 하지요.

금비 아버지   그 사람은 사비에서 불려 온 사람
             그렇지만 지금은 내 말을 들어야 할 때.

일꾼 3   그렇지만 아사달은 꿈쩍도 않을거요.

일꾼 4   뽑혀온 사람이라 다루기 힘이 들어.

금비 아버지   이제 내가 아사달을 다그치리라.
             지금까지 오랜 시간 기다려 왔다.

일꾼들   잘 한다, 우리 나리, 아사달은 보기 싫어.
             아사달은 마음 속에 꿍꿍이가 있을거야.

금비 아버지 아사달에게 다가간다.
돌을 쪼으다가 약간 멍한 자세로 있는 아사달

금비 아버지 그대는 여기에 잡혀온 사람이란 걸 잊어버렸나?

아사달 몸은 여기 잡아둘 수 있지만,
마음은 여기에서 멀어져 있다오.

금비 아버지 머지 않아 시중께서 시찰하러 오실거다.

아사달 불전에 탑을 세우는 건 평화를 위함인데

금비 아버지 그렇고 말고.

아사달 그렇지만 당신들은 나를 되려 핍박하네.

금비 아버지 자기 몫을 달성하면 핍박에서 자유롭다.

일꾼들 아사달이 말했도다, 핍박하지 말라고
아사달은 언제나 당당하기만 해

금비 아버지 너희는 지껄이지 말고 일이나 하거라.

일꾼들 핍박받는 우리 설움 그 누가 알아주나.

아사달 내 마음에 평화가 없거늘
어찌 이 세상의 평화를 위하여 탑을 만들겠소?

무대 한쪽에 금비가 나타난다.
아버지에게로 다가가는 금비.

금 비 아버님이여, 아버님이여.
아사달에게 자비를 베푸소서.

금비 아버지 자비도 받을 만한 자격이 있는 법.

금 비   아사달이 어째서 자격이 없나요?

금비 아버지와 일꾼들

          아사달은 자기 일을 게을리 하고 있다.
          마음속엔 엉뚱한 생각을 품고 있다.

금 비   부처의 눈에는 부처만 보이고
          돼지의 눈에는 돼지만 보이는데

일꾼들   아니 그럼 우리가 돼지란 말인가?

금 비   그렇게 생각하면 그렇게 되는 법.

금비 아버지   여기는 네가 올 곳이 아니니라.

금 비   이제 나도 가슴에 사랑을 담을 나이
          아버님도 제 뜻을 이해해 주옵소서

금비 아버지   네 뜻이란 무엇이냐?

금 비   아사달을 마음껏 보고 싶나이다.

일꾼들   금비 아씨 드디어 상사병 나셨다네.
          이 일을 어찌할꼬, 우리 아씨 어찌할꼬.
          인격높은 어르신네 야단났다오.

아사달은 열심히 일을 하고 있다.

금비 아버지   안 된다. 아사달만은 안 된다.

금 비   저는 아사달만이라야 합니다.

금비 아버지   지금 나는 나라에서 내린 명을 수행하고 있다.
          네가 나의 딸이라면 내 일을 방해하지 마라.

금 비   일은 나라 일이지만 사랑하는 감정은 저의 것이옵니다.

금비 아버지   내가 딸을 잘못 키웠나보다.

일꾼들   야단났네 금비 아버지, 금비는 아사달을 사랑해.
              그렇지만 아사달은 끌려온 일꾼

일꾼 1   일을 마친 후에야 자유롭다네.

아사달   나를 두고 그런 말하고 싶으면
              먼 곳으로 나가서 지껄이게나.

금비 황홀한 표정으로 아사달을 바라본다.

금 비   사비성의 아사달은 멋진 사나이
              시간이 흘러도 서두르지 않고
              마음속에 자리잡은 불심 따라서
              조금씩 조금씩 돌을 다듬네.

일꾼들   너무나도 조금씩 조금씩이니
              언제 가야 저 탑이 우뚝 설까요?

일꾼 1   물방울이 돌을 뚫어내는 건

일꾼 2   오랜 세월 두고두고

일꾼 3   조금씩 조금씩

일꾼 4   떨어지기 때문이라네.

금비 아버지   그렇지만 이번 일은 그래선 안 돼!

아사달   그렇다고 우물에서 숭늉을 찾소?

금비 아버지   앞으론 나의 말에 대꾸하지 말아라, 이건 명령이니라.

금 비   아사달이여, 노여워 마오.
              내 마음 그를 향해 조금씩 조금씩
              소리 없이 소리 없이 다가가지만
              그대여, 나의 사랑 아는지 모르는지.

김대성   그대들 날마다 수고들 하오.

금비 아버지   불국토를 하루빨리 이루어야 할 것이니
              앞으로는 조금 더 서두르겠나이다.

김대성   아사달은?
              아사달은?

금비 아버지   저쪽에.

김대성   아사달의 솜씨가 이 세상 제일이니
              그를 도와 어서어서 서탑을 세우시오.

일꾼들   아사달의 솜씨가 이 세상 제일이라네.

금비 아버지   아사달! 시중께서 납시셨네.

아사달   삼 년을 약조하고 서라벌에 왔건만
              삼 년이 지나가고 또 한번 지나가도
              마음의 탑 쌓는 일이 쉽지는 않구나.
              이렇게 다듬으면 부모님의 얼굴이고

저렇게 다듬으면 아사녀의 얼굴이라.

금 비   거기에다 이 몸의 얼굴도 넣어 주소서.

아사달   구름에 달이 가듯 마음은 흐르는 것
            뜻대로 할 수만 있다면 얼마나 좋겠소.

김대성   그대 소망은 간절하면 간절할수록
            탑 세우는 일 점점 더 어려워지리라.
            이제는 사비성을 생각치 말고
            토함산 불국토에 멋진 탑 세웁시다.

아사달   사비성은 내 고향 내 마음 머무는 곳
            권력으로 잡으려면 그것은 어리석은 짓

김대성   이 땅이 통일된 지 어언 일 백 년
            이 나라 어디라도 그대의 고향이오.

아사달   그것은 한낱 말장난일 뿐
            내 마음의 고향은 나만 아는 것
            내가 쌓는 탑 속에다 넣을 것이오.
            평화로운 그리움 탑 속에 넣을 것이오.

금비 아버지 시중이시여, 시중이시여. 저 자는 고집쟁이
            말로는 안 됩니다, 그에게는 오로지 채찍이 약입니다.

김대성   그대여, 아니 되오, 내 말 좀 들으시오.
            아사달은 우리 보배 자랑거리요.
            사비성의 아사달은 뛰어난 석공
            서라벌의 아사달은 힘없는 졸부
            그에게 필요한 건 사랑이라오.

일꾼들   금비 아씨 아사달을 사랑하지만

아사달은 콧등으로 들은 척 안해

금비 아버지 저 자의 사랑은 사비성과 아사녀뿐
탑 쌓기가 늦어지면 불국토는 언제 오나.
아사달만 믿었다가 낭패나 안 오는지.

아사달 나에게 필요한 건 마음의 평화라오.
마음의 평화 없이 탑 세우긴 어려운 일
나를 닥달하면 졸작만 생겨날 뿐

금비 아버지 종에게는 종에 맞는 법이 있으니
당신은 당신의 임무를 똑바로 알아야 해.

아사달 나는 그대의 종이 아니오.
내가 그대의 종이어야 한다면
이대로 사비성으로 돌아가겠소.

어쩔 줄 모르는 금비 아버지.
가만히 보고 있는 김대성.

김대성 그대의 훌륭한 뜻 내 어이 모르랴.
그대도 나의 뜻을 알았으면 좋겠다.

아사달 탑이란 부처님의 몸과 같은 것으로서
거기에는 부처님의 정신이 담기는데
나의 정신 통일않고 어찌하리오.

금 비 아사달, 아사달님. 노여워 마오.
그대 진정 서라벌을 사랑하지 않아도
나의 마음 언제나 그대를 향해
향불처럼 오롯이 타오른다오.

금비 아버지   그것은 안 될 말, 생각지도 말아라.
            아사달은 서라벌에 끌려온 석수쟁일뿐
            너의 사랑 그에게 줄 수는 없다.
            우리 집안 명예를 더럽히지 말아라.

아사달   금비 아씨여. 저 소나무잎을 자세히 보오.
            저 잎이 사시장철 푸른 것 같지만
            때로는 낙엽지고, 새잎이 난다오.
            나를 향한 그대 마음 소나무 잎이라오.

금비, 격정에 찼다.

금 비   아사달을 향한 나의 사랑은
            나로서도 어찌 못할 힘이랍니다.
            부처님의 힘으로도 어찌할 수 없다오.

김대성   당신의 보살핌으로 아사달을 달래보오.
            이 나라가 통일된 지 백 년이 지났어도
            민심이 모두 다 제각각이라.
            불심이 우뚝 선 나라되려면
            아사달의 재주가 필요하다오.

김대성 퇴장.

일꾼 1   시중 어른 자주자주 납시옵소서.
            시중 어른 오신 사이 허리좀 폈나이다.

일꾼 2   그렇지만 아사달은 언제나 빈둥빈둥.

금비 아버지   내 보기엔 너희도 언제나 빈둥빈둥
            다보탑은 동쪽에 아름답게 서있는데
            서탑은 어느 때쯤 제모습을 갖추랴?

김대성의 말을 들은 금비, 약간 황홀하다.

금 비   아사달이여, 들으셨나요.
         시중께서 나에게 하신 말씀을

아사달   금비 아씨여, 나를 내버려두오.

금 비   눈을 들고 나에게 다가오소서.
         아니면 내가 당신께 다가가리까?
         시중 어른 나에게 당부하셨소.

아사달   당신과 나는 합할 수 없는 사이.

금 비   무엇이 두려워서 그렇게 망설이오?

금비 아버지 너는 지금 맹목적인 사랑에 빠졌느니라.

금 비   맹목적이라고 하셔도 나는 좋아요.

아사달   일찍 깨닫는 자에게 복이 있나니.

금비 아버지 그건 네 말이 옳도다.

금 비   내가 깨달은 바는 당신을 사랑하는 것.

금비 아버지 내 주위에서 내 말을 들어 줄 사람이
         이렇게도 없느냐?

일꾼들   저희가 들어드립죠.

금비 아버지 너희는 아무 소용없도다.

일꾼들   우리를 소용으로 하는 사람이 이렇게도 없느냐?

금 비   그대들은 탑 세우는 데에 소용이 있나이다.

아사달   그대들은 나와 함께 일을 합시다.

금 비   아사달이여,
            이제 나는 당신 소리 아니면 들리지도 않는다오,

아사달   시간이 흘러가면 후회할 일이라오.

금 비   시간이 지나가면 나는 늙고 슬픈 존재로 변해버리오.

아사달   기다리는 기쁨도 있는 법.

금 비   사랑한단 말만 해 주시오, 얼마든지 기다리리.

아사달, 처연해진다.

아사달   해가 뜨면 힘이 솟고 달이 뜨면 정다웁던
            내 고향 사비성엔 자나깨나 날 기다리는
            아사녀가 있다오. 아사녀가 있다오.
            아사녀가 난초라면 나는 이슬이라오.

            우리는 헤어질 때 다시 만날 약조하고
            모진 고난 풍파에도 부서지지 말자고
            머리 풀고 댕기 풀어 마음을 묶었다오.
            검은 머리 파뿌리 되어도 그녀는 내 사랑!

            아사녀, 아사녀! 사비성의 아사녀!
            내 어찌 잊으리오, 그대의 눈물 자욱
            달빛 아래 빛나던 당신의 눈동자
            우리의 사랑은 풀벌레가 축복했소.

            우리의 이별 장면 샛별이 지켜봤고
            그 샛별 있으니 우리 사랑 남아있네.
            지금 여기 모든 부귀, 어떤 여인도
            샛별같은 아사녀를 앗을 수 없네.

금 비   인간에게 과거는 과거로 남는 것
             그리움의 끝에는 미움이 남는다오.

아사달   아사녀는 나에게 현재의 여인이오.

금 비   눈에서 멀어지면 마음에서도 멀어지는 법.

금비 아버지 아사달에게 사랑을 구걸하려거든
             내 눈앞에서 당장 사라지거라.

대웅전 쪽에서 스님 등장.

스 님   모두 다 눈앞에서 사라지면 무얼 믿고 살아 가누?

일꾼들   아사녀 믿고 살지.

스 님   아사녀는 어떻게 믿누?

일꾼들   아사달은 죽으나 사나 아사녀만 생각하네.

금비 아버지 그러니까 내 딸아이가 더욱더 열 올랐네.

금 비   그것을 가리켜 사랑의 열병이라고 해요.

금비 아버지 이제는 네가 다 컸구나.

스 님   나릿님도 이제서야 따님을 제대로 보았구려.

금비 아버지 그런 것 같습니다.

스 님   일체유심조! 나무아미타불!

일꾼들   일체유심조! 나무아미타불!

금비 아버지 아직은 그렇지 못하옵니다.

아사달   욕망에 사로잡힌 영혼들이여!

금비 아버지 나의 욕망은 나를 위한 것이 아니니라.

금 비 아사달,
내 가슴은 그대의 사랑을 구하는 열망으로 뜨겁습니다.

금비 아버지 그것만은 안 된다고 하지 않았느냐?

금 비 사랑은 나의 판단에 의해서 하는 것입니다.

스 님 부처님 세상은 어제나 오늘이 다르지 않건만
어찌하여 인간은 저리 다툴까?
사랑한다 말하여도 통하질 않네.
부처님 저들이 싸우지 않게 하여 주소서.

금비 아버지 아사달! 너를 이 땅에 데려고 온 목적은
부처님 앞에 탑을 세워서
그 탑을 돌며 모든 이가 하나되어
합장 기도하도록 하기 위함이니라.
행여나 내 딸에게 딴 눈을 뜨지 말라.
너는 이 땅에서 일을 해야 하는 일꾼이니라.

아사달 여기 있는 그대들이여, 나를 옥죄지 마오.
여기 세울 서탑은 정갈한 탑이니
그 앞에서 남녀 사랑 얘기맙시다.
불국토가 되려다가 부정타겠소.

스 님 역시 아사달은 아사달이로구나!

일꾼들 큰 일 났네, 큰 일 났어. 아사달이 큰 일이야.
아사녀를 못 잊으나, 금비 아씨 달려오고
금비 아씨 달려오나, 나릿님이 막으시네.

아이들 등장.

아이들 큰 일은 무슨 큰 일! 아사녀가 올 것인데.

아사녀만 나타나면 아사달은 덩실덩실
순식간에 탑 만들고, 영생복락 누릴 것을!
아사녀는 우렁각시, 아사달만 생각하네.

아사달 · 금비 · 금비 아버지
우리 모두 극락왕생 바라고 바라면서
서로서로 생각하는 바가 달라
사랑달라 사랑해라 서로서로 아옹다옹
부처님의 설법도 법화경의 진리도
사랑과 욕망 앞엔 떨어지는 저녁 해
이 탑을 만들어야 우리 길을 바로 가리.

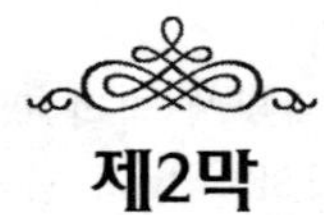

제2막

걸인 1   꺼억, 잘도 먹었다.

아이 1   아저씨는 매일 매일 얻어 먹나요?

걸인 1   얻어먹는 재미도 쏠쏠하거든.

아이 2   그러니까 아저씨를 거지라 해요.

걸인 2   이놈들, 어른들을 놀리지 마라.

아이 3   어른들은 우스워.

걸인 4   뭐가 우스워?

아이 4   자기들은 이것저것 모두 다 하면서.

아이 1   우리에겐 이것저것 하지 말래요.

아이들   어른들이 잘 하면 아이들도 잘하는데.

걸인 1   이제 얻어먹기도 힘이 드는군.

걸인들   세상의 복락은 베풀어야 오는 법
              혼인 잔치 집에는 사람들이 많아야 하네.

아이들   모여서 하는 일의 마지막은 싸움질이야.

걸인들   그래 그건 너희말이 진정 옳도다.

아이들   혼인하는 신랑 신부 축복해야지.

걸인 1   누군가가 말했다. 아이는 어른의 아버지라고.

아이들 마당을 돌면서 노래를 부른다.

아이들   더꺼머리 총각의 한탄은 이런 것이오.
              이 농사 지어서 누구하고 먹나.
              이 농사 지어서 누구하고 먹나.
              나의 신세 그 누구가 알아나 줄까?

걸인들도 따라서 돈다.

걸인들   그거야 걱정하지 않아도 될 일
              이 세상엔 짚신도 짝이 있는 법

아이들   그렇지만 더꺼머리 총각에겐 그게 없다오.
              더꺼머리 총각에겐 한숨소리만 있을 뿐.

걸인들   우리같은 걸인들도 희망이 있네.
              더꺼머리 총각아 걱정 말아라

| 아이들 | 우렁이 아가씨가 기다린단다.
더꺼머리 총각은 아사달이요,
우렁이 각시는 아사녀라네. |

| 걸인들 | 그 누가 알아주나, 아사녀 마음 |

시름젖은 아사녀 등장

| 아사녀 | 오늘은 내 동무가 시집가는 날
몰려가서 즐겁게 축하해야 하지만
내 가슴속의 아사달이 나를 붙잡네.
그리운 나의 님, 대답 좀 해주오. |

| 동네사람들 | 아사달은 떠난 지 몇 년 됐지만
어디서 어떻게 지내고 있는지는
아무도 몰라, 아무도 몰라.
한사코 기다리는 아사녀만 어리석지. |

| 아사녀 | 기다림의 끝에는 웃음 있겠지. |

| 동네사람들 | 기다리다 시든 꽃도 여기저기에. |

| 아이들 | 아사녀는 날마다 아사달을 생각는데 |

| 걸인들 | 아사달은 어쩌다가 아사녀 생각이나 해 주는가? |

| 아사녀 | 남을 의심하는 것은 옳지 못한 일. |

고모래 등장

| 고모래 | 무조건 의심하면 옳지 못한 일이지만
의심해도 좋을 때는 의심할 수 있는 법 |

| 아사녀 | 그대는 나를 위해 아사달을 의심마오. |

고모래   아사달이 떠난 지 삼 년 넘었소.
　　　　　아사달이 살았다면 어찌 안 올까?

아사녀   사찰에 탑 세우긴 쉽지 않을 일

사람들   그건 그래!

고모래   그렇지만 약조한 시간 지났소.

사람들   그것도 그래!

아사녀   부처님의 염력이란 알 수 없는 일

고모래   알 수 없는 일이니까 잊어버리소.

사람들   이건 정말 난처한 일이로구나.
　　　　　떠난 임은 소식없고 바람만 썰렁.

고모래   아사녀여, 아사녀여, 이제는 나를 보오.
　　　　　고목나무에서는 꽃이 피어도
　　　　　한 번 떠난 아사달은 오지 못하니
　　　　　기약없는 기다림은 바람결에 보내고
　　　　　우렁이 각시처럼 살아봅시다.

사람들   고모래가 옳도다, 진정 옳도다.
　　　　　떠나간 임을 위해 슬프기보다
　　　　　사랑하는 사람을 새로 맞아서
　　　　　검은 머리 희어져도 이별을 말고
　　　　　함께 사는 그 맛이야 어디 비기랴.

아사녀   동산에 달이 뜨면 당신이신가.
　　　　　새벽 바람 불어오면 당신이신가.
　　　　　기다려도 당신은 오시지 않고
　　　　　새 소리만 나만을 울리고 있네.

뭇남성의 유혹이 나를 울리네

아사달　　헤어질 때 우리 약조 잊지 않았지?

아사녀　　그 약조를 어떻게 잊을 수 있나요?

아사달 · 아사녀
　　　　　이 세상에 우리가 살아있는 한
　　　　　우리 약조 우리 같이 살아있는 것
　　　　　저 하늘의 별들이 빛을 내는 한
　　　　　우리 약조 별들처럼 빛을 내는 것
　　　　　바람소리는 당신의 숨소리
　　　　　흔들리는 나뭇가지는 당신의 손짓
　　　　　하늘이여, 땅이여, 별들이여, 달이여
　　　　　우리 사랑 영원히 빛나게 하소서.

아사달　　내 마음 속에 그대는 영원히 살아있소.

아사달 사라진다.

아사녀　　머리 풀고 댕기 풀어 마음 묶은 아사달
　　　　　좋은 세상 만들려는 그 한 마음으로
　　　　　서라벌 낯선 곳에 혼자 있지만
　　　　　석가탑 세우면서 샛별 보는 한
　　　　　아사녀도 그 옆에 있는 것이라오.

　　　　　서라벌의 김대성은 미워하지만
　　　　　서라벌의 아사달은 내 사랑이네.
　　　　　서라벌에 탑 세우는 아사달 눈에
　　　　　나의 모습 아른거려 방해가 될라.
　　　　　님이시여, 나를 잊고 탑세우소서.

그래도 돌아서면 그대 그리워
들판에 울어대는 풀벌레 동무하고
마음은 밤새워서 서라벌로 간다오.
열두폭 치마가 흠뻑 젖어도
밤새워서 마음은 서라벌로 간다오.

고모래　　밤 깊으면 샛별도 빛을 잃는 법.
사람의 사랑이란 새로 피는 나팔꽃
나팔꽃이 뚜뚜따따 울어대면은
세상의 근심 걱정 저 멀리 가고
새로 피는 사랑이 밤을 밝히네.

아사녀여, 아사녀여! 나의 사랑 받아주오.
내가 다시 그대 위해 이슬되리니
흘러간 물일랑 흘러가게 내버려 두오.
그대의 젊음은 영원하지 않은 것
시든 꽃엔 향기도 나비도 없는 법.

아사녀　　어차피 내 마음엔 아사달뿐인데
고모래가 사랑을 고백해오네.
고모래의 고운 마음 어찌 못하니
새로운 방책이나 찾아보겠소.

고모래　　인간사 모든 것은 일체유심조
누구를 못 잊어서 밤을 밝히나
누구를 찾아서 머나먼 길 떠나나
깨어진 바가지는 기워 쓰지 못하고
떨어진 나뭇잎은 다시 붙지 못하네.
그대가 내 곁에 있어만 주면
나는 나는 영원한 샘물이 되리.
그대의 목마름 한번에 채워줄
신선의 그 샘물 그것이 되리
아사녀, 아사녀! 나를 버리지 마오!

아사녀   그대와 나는 함께 할 운명이 아닌 것 같아요.

고모래   운명이란 스스로 개척하는 것

아사녀   나는 그 운명을 위해 서라벌로 가려하오.

사람들 가운데서 아사녀의 부모가 나온다.

아사녀 모   열 달 동안 배가 아파 너를 낳고서
           고생 없는 삶을 살게 해달라고
           부처님께 부처님께 빌고 빌었다.

아사녀 부   그런데 이제 와서 여기를 떠난다니
           네가 가면 우리 집엔 웃음이 사라지고
           근심 걱정 끊일 날 없을 것이다.

아사녀   어머님 아버님!
           이 몸이 부모님 곁을 떠나
           멀리 멀리 가는 것은
           철없는 짓이고 불효한 줄 알건마는
           있어서 더 불효할 양이면
           사랑 찾아 서라벌로 가보겠어요.

아사녀 모   남자도 아닌 몸이 어디를 간다느냐?

아사녀   남자 옷을 입고 가면 아무도 모를 것이옵니다.

고모래   아사녀! 나도 따라 서라벌로 가게 해주오.

아사녀   그것은 당신이 알아서 할 일.
           함께 갈 수는 전혀 없다오.

고모래   사랑하는 그대 위해 이 한 몸 바치리다.

고모래 · 아사녀
              우리 서로 사랑하네 너무 너무 사랑하네.
              그렇지만 그 사랑은 슬픈 사랑
              너와 나의 길이 달라 한 곳에서 못 만나네.
              쫓아가고 달아나는 우리 모습 슬프도다.

아사녀 부   서라벌에 가지 말고 여기서 기다리자.

아사녀   기다리는 가슴에 멍이 들어요.

아사녀 모   일편단심 그렇다면 할 수 없구나.

아사녀 부   네가 어찌 여자로 태어났느냐?

사람들   네가 어찌 여자로 태어났느냐?
              난들 어찌 그것을 알 수 있겠소?

아사녀의 부모
              서라벌은 여기서 몇 천리가 되는 곳
              너의 사랑 실현 위해 가리라마는
              언제나 네 몸 보존 유의하거라.
              자식은 장성해도 어린 아인데
              떠나는 너를 보니 장하고 안타깝다.

아사녀   아버님, 어머님. 다시 뵈올 날까지 건강하소서.
              마을의 여러분들, 우리 어머니 아버지 슬프게 마소서.

사람들   슬프게 하는 것은 떠나는 너란 말이다.

고모래 사라진다.

아사녀   정들었던 아이들아, 거지 아저씨들아.
              머지 않아 아사달과 함께 오리니
              그때 가서 신나게 잔치를 하자.

아사녀 부   너를 보내는 나의 마음 조금은 두렵도다.
            무슨 일이 있거든 소식이나 전하거라.
            길 떠나면 돈이 있어야 한다.
            이걸 줄테니 여비로 쓰거라.

사람들 금붙이를 가져다 준다.

사람들   이걸 줄 테니 여비로 쓰거라.

아사녀   이런 정성 받으니 힘이 부쩍 솟아요.

걸인 1   이 바보야, 그건 마지막 선물이야.
            언제나 돌아올지 그걸 누가 알겠느냐?

아사녀   그런 말하지 마오. 나는 꼭 돌아오오.
            아사달과 함께 서라벌서 돌아오오.
            그리고는 꼬꼬재배 결혼하고 살 겁니다.

아사녀 부모 그런 말 하지마오. 아사녀는 돌아오오.
            아사달과 함께 서라벌서 돌아오오.
            아사달은 우리 사위 둘도 없는 우리 사위.

합창   우리 오늘 헤어져도 아사녀는 돌아온다.
            그녀의 곧은 마음 부처님은 아시리.
            우리 모두 합장하고 그녀 위해 기원하세.
            우리 모두 합장하고 그녀 위해 기원하세.

아사녀 떠난다.
아사녀를 배웅하는 부모님과 사람들.
아사녀 퇴장.
아이들 등장.
편을 갈라 노래한다.

아이들 1   우렁이 색시 길 떠났네, 길 떠나.
            더꺼머리 총각찾아 길을 떠났네.
            더꺼머리 총각은 헐헐헐 좋을시고
            우렁이 색시도 호호호 좋을시고.

아이들 2   서라벌이 워디래유.
            아사달이 워딨대유
            더꺼머리 총각은 헐헐헐 좋을시고
            우렁이 색시도 호호호 좋을시고.

아이들   갈 길이 멀다지만 사랑 앞엔 단숨 길
            서라벌이 멀다지만 아사녀는 한숨에
            남장하고 떠난 아사녀는 용감해
            더꺼머리, 우렁이 색시 행복해라, 행복해.

거지들도 끼어든다.

거지들   얼마나 지나야 아사녀 국수 얻어 먹나?
            아사녀가 돌아 와야 국수를 얻어 먹지.
            이제는 우리 할 일 하나 더 생겼다네.

아이들   무슨 일?

거지들   너희는 알 필요 없어.

아이들   또 그런 말! 어른들은 안 돼요.

거지들   너희는 그냥 있으면 돼!

아이들   무슨 일인지 우리도 알아요!

거지들   무슨 일?

아이들   너희는 알 필요 없어!

거지들　　　우리도 알아!

다 같이　　　아사녀와 아사달, 아사달과 아사녀 기다리는 일!

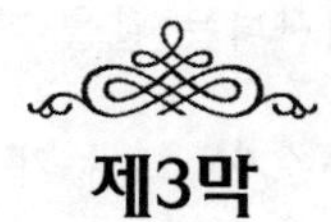

제3막

‖ 제 1 장 ‖

탑을 세우는 불국사 현장.
여러 사람들이 일을 하고 있다.
탑이 조금 세워졌다.
아사달이 일을 하다가 허리를 편다.
아사달을 넋놓고 바라보는 금비.

아사달　　　어제밤 꿈 속에서 아사녀를 보았네.
　　　　　　그녀 모습 변함없고 사랑도 변함없어.
　　　　　　서로 만나 웃는 사이 날이 새어 버렸다네.

군중들　　　아사달과 아사녀는 천생 연분 깊은 사이
　　　　　　꿈 속에서 오고가는 그네들 연모의 정

금 비　　　아사달이여, 내 말 좀 들어보시오.

꿈속의 일이란 생시와 반대라니
그대의 꿈 달콤해도 아사녀는 못 만나오.

아사달　　그대가 하는 말을 내가 어찌 믿으리오.
　　　　　　나의 사랑 아사녀는 달을 타고 오고 있소.

군중들　　그 누가 막을쏜가? 그 누가 막을쏜가?
　　　　　　불쌍하다, 우리 금비.
　　　　　　아사달이 원망스럽네.

금 비　　어머나, 많은 사람들이 내 심정을 말해 주네.

아사달　　그건 모두 당신의 책임이라오.

금 비　　그래요. 이미 드러난 사실.
　　　　　　무엇이 부끄럽겠어요.
　　　　　　어쨌든지 당신의 사랑을 얻어내고야 말겠어요.

군중들　　금비 아씨, 큰일 났네. 큰일 났네.
　　　　　　사랑으로 눈이 멀어 무슨 일을 저지르려나.

아사달　　나는 그대 사랑을 받아들일 수 없어.
　　　　　　이 탑을 세우고 나면 나는 사비로 가야만 해.

금비를 연모하는 우손 등장.
아사달에 대하여 불만을 가지고 있다.

우 손　　아사달, 당신이 해야 할 일 무엇인지 잊고 있소?
　　　　　　대웅전의 석탑이란 불심을 나타내니
　　　　　　오로지 탑 때문에 당신의 손이 필요한데
　　　　　　불심은 어디 두고 여인네만 생각하오.

금 비　　그건 몹쓸 망발이오, 아사달을 모욕마오.

우 손   금비 아씨, 어찌하여 아직껏 모르시오.
            아사달은 아사녀만 아사녀만 생각하고
            탑 세우긴 멀리하고 있음을

금 비   나는 아사달의 굳은 심지를 부러워 한다오.
            초지일관 변함없는 그 정신이 부럽소.

우손·아사달 초지일관 남자에겐 두려울 것 없지만
            맹목적인 사랑에는 어쩔 수가 없다오.

금 비   그대를 향한 나의 사랑은 맹목적이 아니라오.

우 손   그대를 향한 나의 사랑도 맹목적이 아니라오.

금 비   사랑은 혼자서 하는 게 아니고
            서로서로 짝이 되어야 하는 겁니다.

우 손   그대의 눈웃음에 나의 눈물 날아가고
            그대의 따뜻한 손 나의 근심 몰아내오.

금 비   나의 마음에는 아사달뿐이라오.
            부귀공명 바라지 않는
            아사달은 나의 사랑, 부귀공명

아사달   남녀 서로 사랑함은 우주의 조화인데
            그대의 사랑 앞에 내 머리가 숙여지오.
            오롯한 그대의 정 내가 고이 간직하리.

우 손   (대사조로) 아니, 아사달! 지금 무슨 말을 하는거요?
            당신은 탑을 쌓기 위해 여기까지 잡혀온 일꾼이란 말이오.
            아사녀만 생각타가 이상한 소리를 하는군.
            아사달, 그대는 지금 소처럼 일해야 할 일꾼이란 말이오.

금 비   인간의 참 맛은 변하는 데 있어요.

그대의 굳은 심지 확인하는 날
끝까지 당신을 사랑하겠노라고
부처님 머리 위의 화관을 보고
고두백배 고두백배 맹세했어요.
아름다운 방울에선 맑은 소리가
아름다운 사슴에선 맑은 향기가
감로수 솟아나듯 솟아나는데
그대의 눈동자는 방울인 듯 사슴인 듯
나의 마음 사로잡아 황홀케 하고
돌을 쪼는 그대의 부드러운 손놀림은
구만리 장천에서 떨어지는 폭포수처럼
나의 정신 일깨워서 사랑을 알았는데
그대는 항상 가깝고도 먼 거리에
나의 넋을 붙들어 두는 마력을 지녔소.

아사달　　그대는 서라벌의 아름다운 여자
　　　　　　누구라도 그대와 사랑하고 싶을거요.

금 비　　이제서야 그대가 가까이 보입니다.
　　　　　　일하는 그대의 거친 숨소리에서
　　　　　　나의 넋을 부르는 바람을 봅니다.
　　　　　　하나씩 드러나는 탑 모서리에
　　　　　　그대 사랑 방울방울 맺혀옵니다.
　　　　　　아, 아사달, 아사달, 이제야 우리
　　　　　　사랑을 속삭일 수 있게 됐네요.
　　　　　　토함산보다 그윽한 그대 품 속에
　　　　　　동쪽 바다 넓이만한 그대 가슴에
　　　　　　포근히 안겨볼 날 기다립니다.

군중들　　이제 점점 복잡해지는구나.
　　　　　　우손 나리 금비 아씨, 아사달과 금비 아씨
　　　　　　어느 쪽이 더 좋을까?

아사녀가 나타나면 이건 정말 큰일이야.

‖ 제 2 장 ‖

남루한 차림으로 서라벌에 나타난 아사녀.
이 사람 저 사람에게 불국사를 묻고 다닌다.
그 뒤에는 고모래가 따라 다닌다.
마침내 불국사 정문에 이르른 아사녀.
안쪽에서 사람들이 일을 하고 있다.
고모래 독백한다.

고모래   독하도다, 아사녀. 여자답지 않구나.
                저런 열정 나에게로 왔으면 얼마나 좋을까?

아사녀   서라벌 불국사에 이르렀구나.
                사비성도 기름진 땅이었지만
                서라벌도 포근한 터전이로다.

고모래가 아사녀 앞에 나타난다.
깜짝 놀라는 아사녀.

아사녀   아니, 당신은?

고모래   당신을 지키려고 예까지 따라 왔소.

아사녀   당신의 보살핌은 나에겐 고통

고모래   고통이 크다면 사랑도 크오.

아사녀   내 고통, 내 사랑은 오직 아사달

고모래   아사달은 이미 서라벌 사람

아사녀   그렇지만 마음은 사비성 사람

고모래   그에게는 금비라는 여자가 있소.

아사녀   아사달과 맺은 약조 아직도 선연한데
             해와 같은 아사달이 누구를 사랑하리.

고모래   (독백조로) 당신은 참으로 대단한 여자요.
             나에게 한 마디만 말해주시오.
             아사달이 없다면 나를 사랑하겠노라고.

아사녀   사랑이란 흥정으로 할 수 없는 법.
             그대의 정성은 내 알고 있소.
             이제는 사비로 돌아가시오.

돌아서는 아사녀.
아사녀 수문장에게 다가간다.

수문장   아니, 거기서 오락가락 하는 자는 어디서 온 누구냐?

아사녀   나는 사비성에서 온 아사녀라오.

수문장   여기까지 온 까닭은?

아사녀   사람 찾아 왔소이다.

고모래   탑 세우는 아사달 찾아 왔소이다.

아사녀   그대여 잠시만 눈감아 주오.
             내 그립던 아사달을 잠깐만 보고
             살아 있는 아사달을 확인만 하고
             부리나케 되돌아 나올 것이니.

수문장	여기는 성스런 불국토인데 어디서 온 거지꼴의 여자 하나가 역사하는 일꾼을 보잔단 말이오.
아사녀	나는 나는 사비성의 아사녀인데 아사달님 보고자 허위단심 왔소이다. 몇 천 리 길 멀다않고 허위허위 왔소이다.
수문장	그 누구도 아사달을 만날 수 없소. 탑 만들기 늦어져서 야단이라오.
고모래	그대여, 아사달은 살아 있나요?
아사녀	그건 물어 무엇하오?
고모래	탑 만들기 늦어졌다니 하는 말이오.
아사녀	아사달의 마음으로 만들 탑이니 시간은 흘러도 관계치 않소.
수문장	어쨌든 그 누구도 들어갈 수 없다오.
아사녀	그대 진정 남자라면 나의 소청 들어주오.
수문장	여기 공사 책임자의 명령이라오. 탑이 우뚝 서기 전엔 통과 못하오.
아사녀	무정한 그대에게도 불심이 있소이까?
수문장	아니, 그게 무슨 말이오?
고모래	사람을 만날 수 없다니 하는 말이오. 아사녀의 소원은 아사달을 잠깐만 보고가는 것이라오.

아사녀 내 차림이 허술해서 그러시오.
        내가 여기 금붙이도 가져왔소이다.

수문장 내가 어딜 그런 걸 바라기나 하겠소.

고모래 아사녀는 나와 함께 사비로 갈 것이니
        아사달을 잠깐만 볼 수 있게 하여주오.

수문장 아사달을 만나려면 내 말을 들으시오.

아사녀 어서 말을 해보시오.

수문장 저 길 건너 영지 못에 가게 되면은
        언젠가 못 속에 탑 모습이 비추이로다.
        그 때 가서야 아사달을 만날 수 있소.

아사녀 그게 정말이라면 내 그리 하리다.
        삼 년을 두 번이나 기다렸는데
        몇 천 리를 머다않고 달려 왔는데
        아사달 가까이서 기다리는 건
        나팔꽃이 아침오기 기다리는 것.
        아사달 볼 때까지 기다릴래요.

고모래 · 수문장
        어이하여 아사녀는 저렇게도 잘 속는가?
        거짓말하여도 아사달이라면 모두가 진실인 듯
        아사달은 행복하다, 아사녀가 있으니.

고모래 그러나 두고 봐라.
        아사녀는 내 차지가 될 것이다.

아이들 등장

아이들   우렁각시 이제서야 제때 만났네.
              우렁각시 이제서야 사랑찾으리.
              그렇지만 밥을 해서 누구를 주나
              아사달은 아직도 시름에 차서
              돌에다 정을 대도 힘이 안 나네.
              우렁각시 아사녀 그에게 힘을 주세요.

‖ 제 3 장 ‖

시름에 젖어서 힘없이 앉아 있는 아사달
수문장이 씩씩하게 다가간다.
무표정하게 바라보는 아사달
수문장이 아사달에게 귓속말을 한다.
아사달, 갑자기 생기를 띠며 수문장에게 뭐라고 한다.
수문장 손을 들어 멀리 가리키며 이야기한다.
한 동안 감격해 하는 아사달

아사달   아침에 돋는 해가 밝은 빛을 던지더니
              저녁에 뜨는 달이 그리도 정답더니
              아사녀의 냄새를 예까지 끌고 왔네.

아사달 망치와 정을 들고 열심히 돌을 쫀다.

아사달   아사녀는 나의 반쪽
              이 돌에다 새겨보자.

금비와 고모래 각기 다른 곳에서 아사달을 살피고 있다.
아사달을 다그치기 위하여 달려온 우손
우손이 온 줄도 모르고 돌을 쫀는 아사달

우 손   그대 이게 웬 일이오? 정소리가 활기차오.
             무슨 신명 들었길래 이렇게도 열심이오?

금비 · 고모래 아사녀가 나타났소. 나팔꽃이 나타났소.
             사비성의 그녀가 여기에 나타났소.
             몇 천 리 먼 먼 길을 혼자서 달려오니
             그녀의 굳센 마음 어디에다 비기리오.
             아사녀의 정성이 아사달을 재촉해서
             탑 세우는 소리가 토함산에 정정하오.
             이러다가 우리 사랑 달아날까 염려되네.

우 손   그렇다면 나의 사랑 이룰 날 쉽게 오리라.
             저 탑이 완성되면 우리 소망 빌어 보세.

무대 한쪽에 아사녀가 나타난다.

금비 · 고모래 · 우손 · 아사녀
             우리의 모든 사랑 저 탑 끝에 달려 있네.
             아사달의 손끝에는 우리 목숨 달려 있네.
             부지런한 손놀림에 시들었던 우리 마음
             비 맞은 듯 살아나서 태평성대 구가하며
             영생 복락 꿈을 꾸리. 나무아미타불.

금 비   아사달님, 아사달님!
             탑 만들기 끝나거든 우리 행복 누립시다.

금비 · 고모래 · 우손 · 아사녀
             나무아미타불! 우리 행복 빌어 보세.

고모래   아사녀여, 아사녀여!
             저 탑이 완성되면 우리 행복 빌어 보세.

금비 · 고모래 · 우손 · 아사녀

나무아미타불! 우리 행복 빌어 보세.

우　손　　　금비 아씨, 금비 아씨!
　　　　　저 탑에다 우리 행복 열심히 빌겠어요.

금비 · 고모래 · 우손 · 아사녀
　　　　　나무아미타불! 우리 행복 빌어 보세.

아사녀　　　아사달님, 나의 낭군!
　　　　　탑 그림자 비추이면 당신이라 생각하고
　　　　　한걸음에 달려가서 당신 손을 잡겠어요.

금비 · 고모래 · 우손 · 아사녀
　　　　　나무아미타불! 우리 행복 빌어 보세.
　　　　　나의 사랑 우리 사랑, 탑 그림자에 달려 있네.
　　　　　해야, 해야! 어서 어서 지고 떠서 탑 그림자 만들어 다오.
　　　　　부처님의 염력으로 동해 바다 먼 곳까지
　　　　　우리 사랑 보내다오. 우리 사랑, 우리 사랑!

탑이 완성된다.
빨리 빠져나가는 고모래.
주지 스님 등장.
넋을 잃고 탑을 바라본다.

스　님　　　과연 그대의 솜씨는 지상 제일이로고!

아사달　　　부처님의 힘이옵니다.

스　님　　　아니 그 무슨 겸손의 말씀.

아사달　　　오로지 하나만 생각하고 이 탑을 만들었나이다.

스　님　　　오로지 하나만?

금비 · 우손   서라벌의 아사녀.

스 님   그런가?

아사달   그렇기도 하고요.

스 님   아니면?

아사달   이 세상의 화목을 위해서.

스 님   그것참 기특한 생각이로다.

수문장 등장.

수문장   대왕마마 납시옵니다.

스님   알겠다. 탑돌이 준비 마쳤느냐?

모두   예!

**왕 등장
김대성, 금비 아버지도 등장.
탑을 한동안 바라보며 감탄에 젖는다.
왕, 스님에게.**

왕   탑이름은?

스 님   아직 짓지 않았나이다.

왕   어서 이름을 지어 보시오.

스 님   대왕마마의 은덕으로 좋은 이름 지어주소서.

왕   북쪽에는 대웅전.

군중들   동쪽에는 다보탑.

스 님   다보탑은 동탑이니 이 탑은 서탑이라.
          동서가 하나되니 세상 번뇌 사라지리.

왕   다보탑은 다보여래 부처님이시니.

스 님   서탑은 석가여래 부처님이시네.

왕   그러면 서탑을 가리켜

군중들   석가탑!

모두 호탕하게 웃는다.

왕   아주 좋은 이름이다.
          동쪽에는 다보탑 서쪽에는 석가탑
          다보탑의 우아함 석가탑의 간결함
          내 마음에 들어와 세상 번뇌 잊게 하네.
          사비성의 정성이 서라벌에 꽃피웠네.

왕, 아사달에게

왕   그대의 정성과 솜씨는
          이 나라가 불국정토 되는 날을 앞당겨 주었소.

왕, 김대성에게

왕   아사달을 데려온 그대를 치하하오.

김대성   동과 서가 하나되어 정성을 모았나이다.
          이로써 불국사는 현세 부모님을 위한
          사찰이 되었사옵니다.

왕, 금비 아버지에게

왕   그 동안 고생이 많았소이다.

금비 아버지   대왕마마 한 가지 소원이 있사옵니다.

왕   무엇이든지 말해 보시오.

금비 아버지   아사달은 탑 세우려 고생했으니
            하루 빨리 사비로 보내옵소서.

금 비   아버지는 아직도 아사달을 미워하셔.
            그렇지만 내 사랑은 변함없으리.

우 손   할 일을 마쳤으면 집을 향해 앞으로 갓.

왕   조금만 생각해 봅시다.

스 님   대왕마마, 이제는 탑을 도시옵소서.

왕   자, 탑을 돌면서 우리의 소망을 빌어 봅시다.

탑돌이를 하는 사람들
아사달도 맨 뒤에 붙어 형식적으로 돈다.

합창   우리 기원 빌어 보세, 우리 기원 빌어 보세.
            화평한 이 날에 우리 소원은 무병장수
            동서남북 모든 사람 하나로 뜻을 모아
            이 평화 지속토록 부처님께 빌어 보세.
            관세음보살, 관세음보살. 부처님께 빌어 보세.
            석가탑 세운 공덕 아사달이 제일이니
            그의 이름 잊지 말고 수 만 년을 빌어 보세.
            서로서로 잘되라고 기원하면 그게 바로 불국톨세.

탑돌이에서 슬그머니 빠져 나오려는 아사달.
금비가 따라 온다.

우손도 따라 온다.

금 비   어디로 가시나요? 탑돌이는 끝나지 않았는데.

아사달   나에게 탑돌이는 별다른 의미없소.
          마음에 다른 생각뿐이거늘
          탑을 돌면 무엇하고 소원을 빌면 무엇한단 말이오?

우 손   아사달, 그대 말이 맞소.
          우리의 소원은 탑돌이로 바칠테니
          그대는 어서 빨리 영지 못에 가보시오.

금 비   이미 떠나간 아사녀를 생각해 어찌하시겠단 말이오?

아사달   아사녀와 맺은 언약은 아직도 살아 있소.
          이제는 자유의 몸 그녀를 찾아가리.
          탑에 새긴 그녀 사랑 오롯이 살았으니
          사랑으로 사랑길러 세상에 뿌리시오.

우 손   영지 못에 가보면 당신 소원 이루리다.

금 비   아사달님!
          저를 버리고 가시면 저는 속세를 버리겠나이다.

아사달   그것은 당신의 선택이오.

금비 · 아사달
          나의 마음 몰라주는 그대가 야속하오.
          세상의 만물들은 제 길이 있건마는
          우리 인간 어찌하여 겯고 틀고 싸우는가.
          그대 마음 비우면 우린 평화 누리리라.
          인간은 만물의 영장이라 제 길을 알겠건만
          어찌하여 사랑 앞엔 제 구실을 못하는가.

아사달   나는 가야 하오.

아사달, 황급히 나간다.
절망하는 금비
금비를 부축하는 우손
아이들 등장

아이들   더꺼머리 아사달 이제야 살판 났네.
            사랑찾아 멀리 온 아사녀를 만나리.
            아사녀는 우렁각시, 아사달은 더꺼머리
            우렁각시 정성밥 더꺼머리 잘 먹을까?

아이 1   잘 먹을 수 있을거야.

아이 2   영지에 그림자가 비치어야 말이지.

아이 3   석가탑은 사랑탑이니 그림자 비칠거야.

아이 4   우렁각시 더꺼머리 행복하면 좋으련만.

아이들   더꺼머리 아사달 이제야 살판 났네.
            사랑찾아 멀리 온 아사녀를 만나러
            영지 못으로 달려가네.

제4막

‖ 제 1 장 ‖

아사녀가 연못 옆에서 연못 속을 들여다 보고 앉아 있다.
맥이 빠진 모습
고모래 등장

고모래   아사녀여, 아사녀여!
             내 눈물이 앞을 가려 그대를 볼 수 없네.

아사녀   오늘따라 그대의 모습이 힘없어 보입니다.

고모래   내가 무슨 말을 하더라도 놀라지 마소.

아사녀   지금껏 힘들게 산 내가 놀랠 일이 무엇이오?

고모래   기다리던 그림자가 연못에 나타났소?

아사녀   눈보라가 지나가고 얼었던 물 녹았어도 연못에는 그림자가 보이질 않는다오.

고모래 탑 그림자 없다함은 탑이 원래 없기 때문!

아사녀 아니 그게 무슨 말이오?

고모래 지난 겨울 눈 내릴 때

아사녀 지난 겨울 눈 내릴 때?

고모래 아사달이 다쳤는데

아사녀 아사달이 다쳤는데?

고모래 오늘 그가 저승으로 가버렸다오.

아사녀 혼절할 듯.

고모래 아사녀여, 아사녀여! 불쌍한 아사녀여!
     이제는 미련없이 사비성으로 갑시다.
     거기에는 따뜻한 밥 행복한 집 있지 않소.
     아사달이 떠났으니, 우리도 떠납시다.

아사녀 벌떡 일어난다.
불국사쪽으로 달려갈 듯.

아사녀 그 사람을 보아야 한다.
     마지막 배웅을 해야 한다.
     이승에서 못 다한 사랑
     저승에서 나누자고 약속을 해야 한다.

고모래 아사녀여, 지금 거기에는 아무도 갈 수 없소.
     우리같은 이방인은 접근조차 할 수 없소.

아사녀   이미 죽은 사람이라면 이방인은 무슨 이방인.
        서라벌에 묻히면 서라벌도 내 땅인데

고모래   살아있는 우리는 사비로 돌아갑시다.

아사녀   나에게는 아직 할 일 남았다오.

고모래   그대를 기다리리.

아사녀   영지는 불국사에서 상당히 먼 곳
        그렇지만 석가탑은 워낙 높아서
        그런 거리 관계없이 그림자 비출 터인데
        그림자 없는 탑이런가 보이질 않네.
        그림자 없는 탑이런가 보이질 않네.

        아사달, 아사달! 나를 두고 떠난 님아!
        이제는 정녕 어디로 가셨나요?
        머리 풀고 댕기 풀어 마음 묶은 우리 사이
        어느 것도 우리를 갈라놓지 못 한다오.
        어느 것도 우리를 갈라놓지 못 한다오.

        그대가 간 곳이면 어디든 나도 가리.
        이 몸이 없어지면 넋이라도 자유롭게
        그대의 넋을 찾아 저 물 속을 헤매리.
        이 몸이 없어지면 넋이라도 자유롭게
        잃어버린 짝을 찾아 구천을 헤매리.

        이 세상 모든 것은 마음먹기 달렸는데
        이제는 저승에서 만날 날 기다리네.
        저승에서 만나거든 둘이 함께 힘을 합쳐
        그림자 있는 탑을 멋지게 만듭시다.
        부처 세상 오도록 기원하며 만듭시다.
        동과 서가 하나되고 남과 북이 하나되는
        그런 세상 오도록 기원하며 만듭시다.

그 탑이 완성되면 그 탑이 완성되면
이 연못에 탑 그림자 선명하게 비치리라.
그때에 내 곁에는 당신의 그림자도 있으리라.

연못으로 뛰어드는 아사녀.
망연해진 고모래.

고모래   아사녀! 그대의 죽음 앞에 내 모습이 초라하오.
              저승에서 만나거든 나에게 벌을 주오.

아이들 등장.
고모래, 무대 뒤로 몸을 숨긴다.

아이들   우렁각시 밥해 놓고 어디로 사라졌나.
              밥 먹을 더꺼머리 이리로 올터인데.
              우렁각시 일편단심 그 누구가 훼방놓나.
              더꺼머리 일편단심 그 누구가 훼방놓나.
              하늘에 뜬 저 달님도 발길을 멈추겠네.

‖ 제 2 장 ‖

허겁지겁 연못으로 달려온 아사달.
근처에 아무도 없다.
얼마 후.

아사달   아사녀, 아사녀!

적막하다.

아사달   돌에 새긴 나의 사랑
              정소리가 아직도 생생한데
              아사녀는 어디가고 물과 나무 뿐이런가?

무대 아래에서 유령처럼 나타나는 아사녀.
멀리서 아사달과 아사녀를 지켜보는 고모래.

아사달   아니, 아사녀! 그대가 있는 곳은?

아사녀에게 다가가려는 아사달.

아사녀   가까이 오시면 안 됩니다.
              여기는 이승을 넘어서 오는 곳입니다.

아사달   아사녀!

아사녀   남은 인생 편히 살다 오시옵소서.
              당신을 생각하는 순간 순간이
              나에게는 더 없는 행복이었다오.

아사달   그대는 나의 부처였다오.
              가을날의 햇볕처럼 나를 따스하게 해 주었소.
              아사녀여, 같이 갑시다.

금비가 나타난다.
서로의 심정을 토로하는 4중창 – 곡은 같고 가사는 다르게.

금 비   아사달을 처음 보고 나는 눈을 새로 떴네.
              매서운 그 눈동자 꾹 다문 그 입술
              무슨 말을 할 듯 말 듯.
              내 가슴은 저려 오고, 사랑을 고백해도
              아사달은 끄떡없네

고모래   아사녀는 나의 사랑 사비성을 떠나 올 때
        아사녀의 마음을 반드시 얻어서
        우리 사랑 이루려고
        자나깨나 애써 왔네, 그러나 이제와서
        아사녀는 죽었다네.

아사녀   아사달은 나의 사랑 사비성을 떠날 때는
        오로지 아사달만 마음에 심고서
        서로 만나 웃어보자
        허위단심 달려왔네, 그러나 아사달은
        무영탑만 만들었네.

아사달   아사녀는 나의 사랑 돌 속에도 그녀 얼굴
        새소리만 들려도 아사녀가 왔는가
        내 귀를 의심했다네.
        아사녀는 나의 사랑 여기에다 그녀 얼굴
        살아온 듯 새겨보리.

고모래 사라진다.

아사달   세상이 아무리 허망하다한들 이보다 더할쏜가?
        아사녀여! 말해다오. 아사녀여! 말해다오.
        누가 불러 예 왔으며, 누가 불러 그리 갔나.
        이 돌에도 너의 얼굴, 저 돌에도 너의 얼굴
        이 종소리도 네 목소리, 저 종소리도 네 목소리.
        탑을 만든 그 돌들은 내 가슴의 사랑의 돌
        사랑의 돌 다듬듯이 정성 다 해 돌 다듬고
        너의 맘에 내 사랑 실어 올리듯 돌들을 쌓았다네.
        석가탑은 사랑의 탑, 석가탑은 화합의 탑.
        서라벌에 쌓은 정성, 백마강에 흐르리라.

금 비   그대 있고 그대 사랑을 받을 수 없다면

그대 없는 먼 곳으로 이 몸은 떠납니다.
사비성의 아사달이여! 서라벌의 금비는
원망도 후회도 없나이다.

금비, 떠난다.

아사녀   금비 아씨! 그대는 이승의 사람이니
          거기 남아 아사달을 살펴 주면 좋으련만

아사달   너의 사랑 일층되고,
          나의 사랑 이층되고,
          우리 사랑 삼층되고,
          비 맞고 눈 맞을라, 날아갈 듯 덮개하고
          하늘 향한 탑모양이 우리 꿈을 이루리라
          하루를 일년처럼 쪼으고 세웠는데.
          부처 세상 오기 전에 그대는 떠나가니
          나 홀로 부처 만나 무슨 말을 하겠는가?

아사녀   이제라도 만났으니 우리 소원 이루었고
          석가탑을 세웠으니 나라 소망 이루었네.
          그대는 거기 남아 나를 위해 빌어주오.
          극락 세계 가도록 열심히 빌어주오

**아사녀는 점점 사라지고
아사달은 점점 아사녀에게 다가간다.**

아사달   아사녀여, 아사녀여.
          이제 우리 이별도 그리움도 없는 세상에서
          묶인 머리 묶인 댕기 풀지 말고 살아 보자.
          우리 사랑하였음을 우리 진정 사랑함을
          불국사에 남은 탑이 불국사에 남은 탑이
          영원토록 증언하리라.

연못에 서서히 잠기는 아사달.
석가탑이 무대 가득히 다가온다.
목탁 소리가 유창하게 들린다.
잠시 후 합창

합창   아사녀 그대 사랑 물 속에 잠겨 버렸고
      아사달 그대 사랑 탑으로 남아 있는데
      그대들 슬픈 사랑 석가탑에 엉기어서
      오늘로 살아 남아 우리 가슴 적시네
      불국토에 뿌려졌던 그대들 사랑
      동서남북 조화에 밑거름되리.

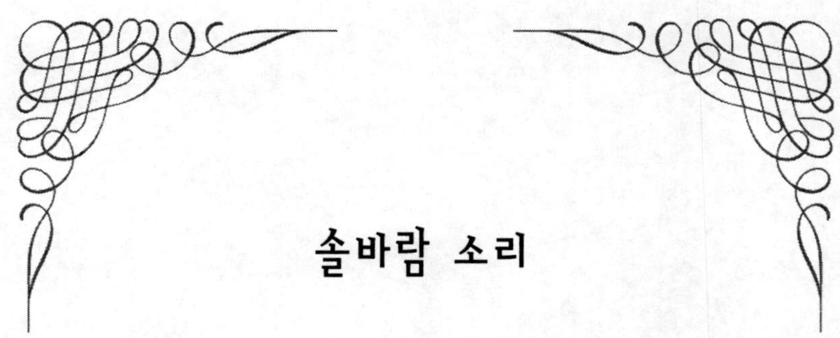

솔바람 소리

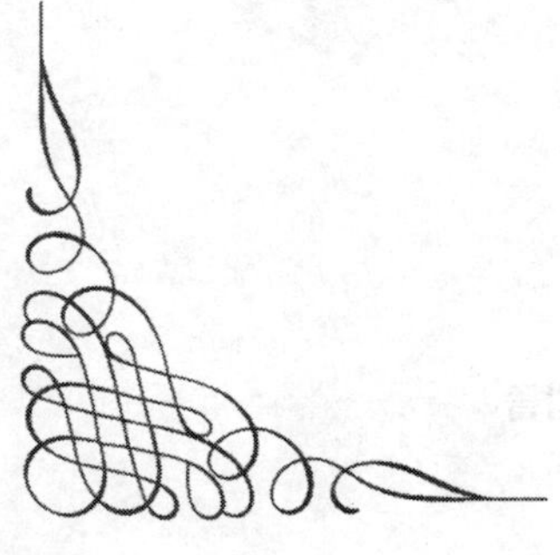

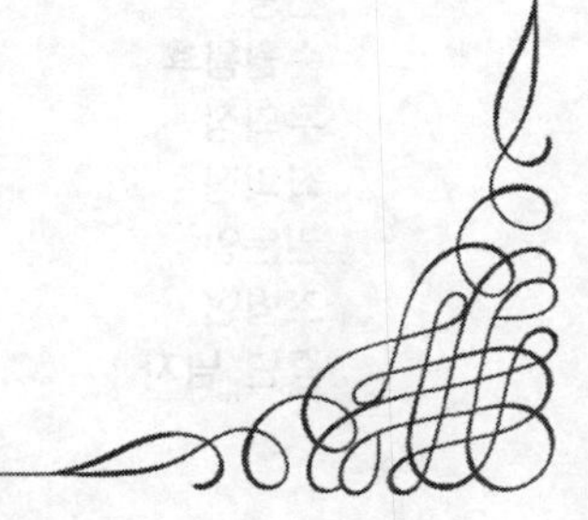

김대건	김아가다
어린 김대건	페레올 주교
김제준	다블뤼 신부
고우술라	도승지
순이	엄수동
어린 순이	영의정
김종한	이지연
정하상	임성룡
순조	전지수
헌종	좌의정
순원왕후	포도대장
우의정	경상감사
좌의정	선원들
권돈인	신자들
조병현	중년 여자
중년 남자	그 외 사람들

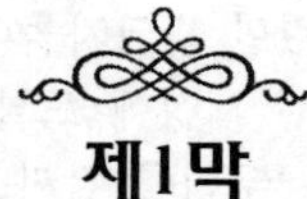

제1막

영광의 자리

❤ 시대　　1984년
❤ 등장인물

　　　　중년 남자
　　　　중년 여자
　　　　김대건
　　　　김제준　김대건의 아버지
　　　　고우술라　김대건의 어머니
　　　　순 이
　　　　그외의 사람들

1984년 여의도 백삼위 시성식장
많은 신자들이 광장을 메우고 있다.
한국 교회의 순교자 백삼위를 성인으로
시성하는 교황의 모습이 멀리 보인다.
그의 목소리가 들리면 더욱 좋다.

많은 신자들 서로서로 인사한다.
'안녕하세요?', '반갑습니다.' 등등
그 가운데에서 중년의 남자와 중년의 여자가 노래한다.

중년 남자 　　지난 날 피흘렸던 순교자들이시여
　　　　　　이제야 그 정신 세상에 드날리도다
　　　　　　오월의 훈풍은 우리를 감싸고
　　　　　　축복받은 성인들 세상을 감싸네

중년 여자 　　우리가 살아온 지난날들은
　　　　　　순교자 영성따라 기도한 날들
　　　　　　한 몸을 버려서 주님을 증거하신
　　　　　　백삼위 성인이여 평안하소서

중년 남자 　　하늘에 별이 빛날 때에는
　　　　　　아무리 밤길이라도 힘들지 않네.

중년 여자 　　성인들 살아계실 땐 별이 없던 시대

중년 남자 　　성인들 스스로가 별이었던 시대

중년 여자 　　우리는 그 별을 바라보며 이제껏 살아왔네.

중년 남자 　　밤하늘의 별들은 사라졌지만

중년 여자 　　우리들 마음속엔 별들이 있네

중년 남자 　　그 별들은 바로 오늘의 성인들

남자 · 여자 　　그 별들은 바로 오늘의 성인들
　　　　　　이제는 바람 세찬 밤이 되어도
　　　　　　꺼지지 않는 횃불되어 우릴 비추리
　　　　　　성인들이시여, 우리의 길잡이 되어주시오
　　　　　　눈을 감고 그대들만 따라가리니

군중들 합창　(가톨릭 성가 283번 변용)
　　　　　　　장하다, 성인들 주님의 용사여
　　　　　　　높으신 영광에 빛나는 넋이여
　　　　　　　칼 아래 쓰러져 백골은 없어도
　　　　　　　푸르른 그 충절 영원히 빛나리
　　　　　　　무궁화 머리마다 영롱한 성인들아
　　　　　　　승리에 빛난 보람 우리게 주옵소서

사람1　　　우리의 기도로 성인들이 나셨네

사람2　　　순교자들이 계셨기에 우리가 기도했지

사람1　　　순교자들이 있은들 기도없이 성인되나?

사람2　　　기도를 하고자 해도 순교자들이 계셔야 하는 거라니까!

사람1　　　그렇군. 하느님이 계시니까 기도를 하듯이
　　　　　　　우리도 순교자가 될 수 있을까?

사람2　　　이제는 어떻게 사느냐 하는 게 중요한 거야!

사람1　　　성인들의 삶을 표양으로 해서 말이지?

사람2　　　그 가운데에서 특히 김대건 신부님을 본받아서 말이야.

중년 남자　백삼위 성인 중에 가장 아름다운 분
　　　　　　　수선탁덕 김대건, 김대건 안드레아

중년 여자　우리나라 최초 신부, 김대건 안드레아
　　　　　　　어려서 하늘에 몸을 바친 아름다운 희생양

김대건, 구름 속에서 나타나듯이 무대 중앙에서 등장한다. 혹은 무대 전면 위에서 내려오면 더욱 좋다.

김대건　　　하늘 뜻을 따라서 내 일생 바쳤는데

내가 한 건 조금도 장한 일 아닌데
후세 사람 모두가 내 이름 기억하네
오늘은 나의 이름 가장 빛나는 날이네

중년 남자   김대건 안드레아 낳아 주신 부모님도 거룩해

**김제준, 구름 속에서 나타나듯이 무대 왼쪽에서 등장
좋은 옷을 입었다**

김제준   하늘의 뜻을 따라 살고자 하는 건
진리가 무엇인지 깨달았기 때문
하늘에서 온 목숨을 하늘에 바치는 건
누구나 당연하게 받아들일 일

중년 여자   그렇지만 살아서, 눈을 뜨고 살아서
죄없는 남편, 죄없는 남편
깨끗한 아들, 깨끗한 아들
처형되는 모습 보는 지어미의 심정이란.
어머니의 심정이 어떤 건지 당신은 아시나요

**고우술라, 구름 속에서 나타나듯이 무대 오른쪽에서 등장
남루한 옷을 입었다.**

고우술라   세상 고통 다 참아도 아들 참수 못 볼 일
왕이 왕노릇 못하는데 인간 본연 못 찾을 일
남편과 아들은 인간 본연 찾으려다
어지러운 나라에서 주님께로 가버렸네.

김제준   세도정치 어지러워 나라 기강 안 서는데
주님의 뜻을 따라 평등을 실천하니
희광이의 칼날도 무섭지를 않았다오.

김대건   세도정치 어지러워 나라 기강 안 서는데
            주님의 뜻을 따라 평등을 실천하니
            희광이의 칼날도 무섭지를 않았다오.

고우술라   오늘에 이르러 두 분 영광 받으니
            과거의 슬픔은 모두 사라집니다.

중년 남자   당신은 아시나요, 끝없는 짝사랑의 힘
            불러도 대답없던 이름, 김재복
            허공에 수없이 불러본 이름, 김대건

**순이, 구름 속에서 나타나듯이 무대 왼쪽에서 등장
수수한 옷을 입었다.**

순 이   인간의 만남이란 인간의 뜻이고
            인간의 헤어짐은 하늘의 뜻인 듯
            나는 당신만을 사랑하고
            당신은 하느님만을 사랑했으니
            우리는 만날 수 없는 사이였지요

군중들 합창
            장하다, 김대건 주님의 용사여
            높으신 영광에 빛나는 넋이여
            칼 아래 쓰러져 백골은 없어도
            푸르른 그 충절 영원히 빛나리
            무궁화 머리마다 영롱한 안드레아
            수선탁덕 김대건 안드레아

군중들 서서히 사라진다.

중년 남자   가족끼리의 만남은 어디서나 반갑고 즐거운 것
            오늘은 여기에서 회포를 풀어 보소서

중년 남자, 여자와 빨리 사라진다.

김대건   어머님! 아버님!

감격하여 흐느낀다.

고우술라   안드레아 신부님!
                지금은 사사로운 정에 끌려 감격할 때가 아닙니다.
                이제로부터 할 일이 더 많이 있을 것입니다.

김제준   당신은 무슨 말을 그렇게 하오.
                대건이 열 다섯 살에 우리를 떠났다가,
                백 오십 여 년만에 만났는데…

고우술라   아아, 당신도 오셨구려. 참으로 오래간만이구려.
                당신과도 백 오십 여 년만에 만나는구려.

김대건   어머님! 아버님!

고우술라   신부님, 아직 잊지 않고 계시겠지요?
                새남터에서 신부님이 군문효수 당하실 때에,
                아무 것도 하지 못하고 그걸 지켜보고 있어야만 했던
                어미의 몰골을 말입니다.

김제준   당신은 참으로 기구한 여인이었소.
                남편인 내가 참수 치명 당하는 것을 보더니
                자식이 효수 당하는 것까지 보아야 했으니 말이오.

고우술라   마리아는 십자가에서 돌아가신 예수님을 품에 안으실 수
                나 있었지만, 이 박복한 여인은 그럴 수도 없었습니다.

김대건   어머님!

고우술라   그러나 이제 아들이나 당신이 성인이 되셨으니 더 이상
            무엇을 바라리까? 백 오십 년 그것은 참으로 긴 세월이
            었습니다. 순이가 아니었더면 제가 여기에 나타나지도
            못했을 것입니다. 그렇지만 이제 그 길고 긴 시간이 아
            주 짧게 느껴지는군요.

김제준   순이라니?

김대건   순이라니?

고우술라   우리가 솔뫼에서 살 때에 옆집에 있던 계집애 말이오.

김대건   아아, 솔뫼! 소나무가 청청하게 우리를 보호하던 곳
            거기는 내 마음의 고향이었어요.
            새남터에서 하늘나라로 갈 때에도 느낌은 솔뫼로 돌아
            가는 것 같았어요. 소나무 가지 끝에서 나는 솔바람 소
            리가 언제나 나를 일깨워주었지요.
            남자는 민족을 위하여 일을 찾아야 한다고

김제준   그래, 거기에서 너와 순이는 소꿉장난을 자주 하였지.

순 이   네가 아버지 해, 나는 엄마다.
            아버지가 술 먹으면 애들이 본봐요
            아버지는 기둥이요 아내는 주춧돌
            우리는 나중에도 이렇게 살아요.

김대건   그랬었지. 어릴 때도 집안의 기둥이 되어야 한다고 다짐
            했었지. 그러다가 남녀칠세 부동석인지 일곱 살 때 내
            가 솔뫼를 떠났지.

순 이   그때는 다른 사람 보지 않게 울기도 많이 했지요,
            어린 마음에. 안드레아 신부님,
            저는 이제서야 편안히 잠들 수 있겠어요.

이제서야 저의 기도가 하늘에 닿은 것 같아요.

고우술라 살아서 고통이란 죽음보다 더 쓴 것
순이는 그 고통을 일부러 등에 지고
안드레아 신부님 위해 기도하다 죽었다오
오로지 신부님만 생각하며 기도를 올렸다오.

김제준 우리 모두 고통 속에 살아온 그 날
인간 욕심 판을 치니 나라는 어지럽고
별없는 어두운 밤 희망으로 이겨내자
절망의 문 앞에서 사랑을 노래했네
절망의 문 앞에서 사랑을 노래했네
주여, 우리의 기도를 들어주소서.

김대건 우리 모두 고통 속에 살아온 날
인간 욕심 판을 치니 나라는 어지럽고
별없는 어두운 밤 희망으로 이겨내자
절망의 문 앞에서 사랑을 노래했네
절망의 문 앞에서 사랑을 노래했네
주여, 우리의 기도를 들어주소서.

고우술라 기도하며 절망했네, 주님 찾으며
주님이여 주님이여 나를 구하소서
주님 증거 위하여 피를 뿌린 남편과 자식
가슴에 묻지 않게 나를 구해 주소서

순 이 기도하며 절망했네, 주님 찾으며
주님이여 주님이여 나를 구하소서
주님 증거 위하여 피를 뿌린 나의 옛사랑
가슴에 묻지 않게 나를 구해 주소서

사중창 오늘은 기쁜 날 우리 다시 살아난 날

어둠이 밝음이고 절망이 희망일 때
우리는 끌어안고 이 날을 고대했네
백골은 흩어져도 혼백은 살리라
이 한 몸 죽어져서 밝은 내일 온다면
희망 속에 웃으면서 칼을 받으리

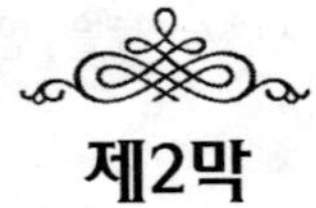

제2막

아아, 주님이여

‖ 제 1 장 ‖

❖ 등장인물

순 조
영의정
좌의정
도승지
궁궐 밖에 많은 사람들

1815년 경상도를 중심으로 을해박해가 일어나고 있을 때
순조는 영상들과 이야기를 나누고,
궁궐 밖에는 많은 사람들이 모여있다.

순 조   왜 이렇게 어려움이 날마다 날마다 더 해간단 말이오?

영의정   소인이 부덕한 소치인 줄 아뢥니다.

좌의정   진인사 대천명이라 했거늘 하늘의 뜻이라면
         어쩔 수 없는 것 아니겠습니까? 마마!

영의정   아니, 좌상! 좌상은 이 자리에서도 발뺌을 하자는 것이오?

좌의정   영상은 그래도 그 자리에 연연하고 계신 것 아니오?

영의정   아니, 좌상! 무슨 말씀을 그렇게 하시는 거요?

좌의정   그렇지 않습니까?
         우리가 사람으로 할 일을 다 했지만, 하늘의 뜻으로 자리에
         서 물러가야 한다면 물러가야 하는 것 아니오이까?

영의정   아니, 좌상!

좌의정   아니, 영상! 왜 그러시오?

영의정   나라가 어려울 때, 나라 일을 걱정하는 건
         임금이나 신하나 백성이 하나같아야 하는 법인데…

좌의정   나는 그렇지 않다 이 말이오니까?

영의정   뭐 반드시 그렇다는 것이 아니라…

좌의정   돈을 받고 벼슬을 팔아먹게 만든 사람들은 누구며,
         그로 인해 백성들이 불만을 품게 만든 것은 누구입니까?

순 조   허어, 왜들 이러시오? 대왕대비께서 수렴청정을 하시다가
         승하하신 지도 이미 십년이 지나지 않았소?

영의정   그러하옵니다, 마마.

좌의정　　　마마, 그러하오나 지금 세간에는
　　　　　　예전의 악습들이 그대로 전해지고 있습니다.

순　조　　　세도정치의 악습이란 말로 다 할 수 없는 것
　　　　　　백성들을 위하여 나의 뜻을 펴고자 해도 권력을 가진
　　　　　　자가 세상을 주무르니 왕이란 그저 자리만 지키는 허수
　　　　　　아비일 뿐 백성들이여, 나의 무능함을 용서해 다오.

밖에서 호소하는 소리 들린다.
'마마, 가난을 구제하소서.'
'가뭄으로 빚에 쪼들린 백성을 살피소서.'
'마마, 세금을 줄여 주옵소서.'
'가뭄과 수해로 농사를 지을 수 없나이다.'

좌의정　　　마마, 이제는 백성의 소리를 귀담아 들으셔야 합니다.
　　　　　　몇 년 전 홍경래가 난을 일으킨 원인이 무엇이었나이까?

영의정　　　아니, 좌상! 좌상은 지금 무슨 말을 하려고 하는 것이오?

좌의정　　　과거 제도는 있으나마나, 서북인은 급제 못해
　　　　　　고통받는 백성들에게 일어서자고 선동하니
　　　　　　모두가 평등하게 사는 세상 만들자고 선동하니
　　　　　　농민들은 수탈에 견디지 못해 참고만 있었는데
　　　　　　홍경래가 일어나니 얼씨구 이것이야
　　　　　　얼씨구 이것이야 하고 따라 나선 것 아니오.

영의정　　　그렇지만, 용감한 관군들이 모두 제압했잖소?

좌의정　　　제압하는 것만이 다입니까?
　　　　　　그렇게 해서 소모된 국력은 누가 보충해줍니까?
　　　　　　나라와 백성 사이에 벌어진 틈을 누가 메꿔줍니까?

영의정   지방 수령들이 있잖소?

좌의정   지방 수령들을 말씀하십니까?

영의정   그렇소!

좌의정   영상은 지금 밖에서 부르짖고 있는
          백성들의 소리가 들리지 않습니까?

영의정   몇몇 사람들의 소리겠지요.

순 조   그래, 몇몇 사람들의 소리라면 얼마나 좋겠소! 좌상!

좌의정   예, 마마.

순 조   좌상은 이 어려운 시국을
          어떻게 이겨낼 수 있다고 생각하시오?

좌의정   정약용을 불러 올리셔야 합니다, 마마.

영의정   아니? 정약용이라면?
          지금 강진에 유배가 있는 천주학쟁이 말이오?

좌의정   그렇습니다.

순 조   그 까닭을 말해 보시오, 좌상.

좌의정   정약용은 실사구시를 주장하는 실학자입니다.
          그가 천주학을 믿는 것은 천주학이 그 실사구시 이념을
          실천할 수 있는 바탕을 가지고 있기 때문입니다.

영의정   아니,

좌의정   영상 대감. 정순왕후 말씀을 하시려는 게지요?

영의정　　　그렇소. 상감께서 등극하시고 첫해를 맞이하던 때에
　　　　　　왕후께서 척사윤음을 발표하신 것을 잊고 있소, 좌상?

순　조　　　나도 그건 기억하고 있소.

영의정　　　무릇 이 나라는 유교를 숭상하여 기틀을 잡았고
　　　　　　거기에서 벗어나는 어떠한 일들도 허락하질 않았소
　　　　　　공맹의 뜻을 따라 바로 선 나라 그것이 바로 조선이라오
　　　　　　그런데 어찌하여 천주학쟁이를 용서한단 말이오.

밖에 있던 군중들 적당히 춤을 추며 노래한다.

　　　　　　공맹의 바른 도는 여기에 없고,
　　　　　　오로지 돈과 벼슬에 눈 먼 벼슬아치들에게만 있나니
　　　　　　우리에게 중요한 건 먹고사는 일
　　　　　　벼슬 주고 돈 받고, 돈 주고 벼슬 사는 세도 정치에 과거 제
　　　　　　도 문란한 세도정치에 억울할쏜 천주학 천주학이네.
　　　　　　천주학을 핍박함은 정치적 놀음,
　　　　　　벽파는 시파 타도, 벽파는 시파 타도
　　　　　　우리에겐 벽파 시파 볼 일 없는 일
　　　　　　오로지 중요한 건 걱정없이 사는 일
　　　　　　그건 바로 나랏님이 해줄 일이네

순　조　　　그 말이 맞는 것 같소.
　　　　　　무지한 백성들이라고만 생각할 수 없소.

영의정　　　황공하옵니다, 마마.

도승지 입실
도승지 두루마리를 들었다.

도승지　　　마마, 경상 감사가 보낸 서찰이옵니다.

도승지, 두 손으로 두루마리를 올린다.
순조, 받아서 단숨에 읽는다.

순 조   천주학쟁이들이 삼백명이나 있다고?
            그것도 경상도에만?

도승지   그러하옵니다, 마마.

좌의정   지난 신유년 이후에 충청도에 살던 신자들이
            경상도 산골로 피해간 줄 아룁니다.

영의정   아니,

좌의정   좌상, 그걸 왜 이제서야 말씀하시는 거요,
            이 말이시지요?

영의정   그렇소.

좌의정   아니, 그런 정도야 영상 대감께서
            익히 알고 계시는 줄 알았지요.

순 조   그렇다고 하더라도 경상도에 천주학쟁이들이
            이렇게 많이 있단 말이오?

도승지   그것도 이미 잡힌 신자 수만 그러하다고 하옵니다, 마마.

순 조   허어, 이를 어찌하면 좋단 말이오.
            오가작통법은 어찌 된 것이오?
            영이 서질 않고 있소, 영이 서질 않아요.

영의정   마마, 걱정하실 일이 아닌 줄 아뢰오.

순 조   아니, 뭐 좋은 생각이라도 있으시단 말이오, 영상 대감.

영의정   예, 이미 신유년에 내리신 척사윤음이 그대로 있습니다.
그러니 천주학쟁이들을 척사윤음에 밝히신 대로 처치하
시면 되옵니다.

순 조   아니 그러면 그들을 모두 죽여야 한단 말이오?

영의정   그러합니다.

좌의정   아니되옵니다.
그들이 천주학을 믿는다는 것만으로 목숨을 자르는 건
백성을 잘 살게 하고자 하는 것이 아니라
오히려 두려움에 떨게 만드는 것
신유년에 처형된 많은 신자들
그들 따른 신자들이 늘어나는 건
거기에 무슨 까닭이 있기 때문일 것

영의정   까닭은 무슨 까닭? 그냥 믿는 거지요.

좌의정   그러면 그냥 믿는 신자들을 왜 죽이려 하는 거요?

영의정   척사윤음이 있기 때문이지요.

좌의정   그러면 척사윤음을 없애면 될 것 아니오?

영의정   아니,

좌의정   좌상, 정순왕후의 뜻을 거스리려고 하는 것이요?
이 말씀이지요?

영의정   어찌 그리 내 맘을 잘 아시오!

좌의정   그때는 상감께서 어리시고, 나라를 다스리는 게 뭔지
잘 모르실 때니까, 왕후의 마음대로 하신 것이지요.

영의정   왕후의 마음대로라고요? 천주학이 사학이 아니라고요?

좌의정   그래요. 천주학이 어찌하여 사학입니까?
         사도세자의 편을 들었던 시파를 제거하기 위해 천주교
         를 사학이라고 이용한 것 아닙니까?

영의정   그래도 그때의 법령이 살아있습니다.

좌의정   그렇소. 그렇지만 그 법령이 잘못된 줄 알았으면 고쳐야
         할 것 아니요? 상감마마 통촉하시어 백성들을 편안하게
         하시오소서.

순조   논리로는 좌상의 말씀이 맞지만,
         세상일이 논리대로만 되는 것은 아니잖소.
         (도승지에게) 경상감사가 알아서
         처리하도록 하라고 하시오.

영의정   마마, 통촉하시오소서.

좌의정   마마, 통촉하시오소서.

군중들   임금이여, 어디로 가시나이까?
         주여, 어디로 가시나이까?
         지금은 네 편 내 편, 편을 나누어
         싸움할 때 아님을 알고 계신지
         해걸러 물난리 가뭄으로 흉년이 들고
         먹고살기 어려워 곳곳에서 폭동이 나니
         이것이 누구 죄요 누구의 잘못인가
         우리네 힘을 합쳐 노력해야 해

‖ 제 2 장 ‖

❤ 등장인물

     김종한
     경상감사
     김아가다
     전지수
     그외 사람 다수

1816년 대구 감영 및 관덕정

김종한 감옥 안에서 짚신을 삼고 있다.
사람들이 둘러 서서 구경하고 있다.

김종한   이 짚신을 삼아서 누구에게 줄까?
          이제는 아내도 자식들도 만날 수 없네
          이 짚신 삼아서 누구에게 줄까?
          나의 행복, 나의 미래, 나의 갈 길은
          모두가 주님께서 정해 주신 걸
          짚신을 삼아놓면 누군가 신겠지.
          내 이름 몰라줘도 나는 행복해.

김아가다 배교하고 나가려 한다.

김아가다   당신은 그렇게 행복해도 다른 이는 불행해
          나도 이제 배교하고 행복을 찾을 거야
          하느님을 찾으니 감옥에 왔는데
          하느님을 버리니 감옥을 벗어나네

김종한   그렇게 나가서 무슨 영광 바라리오
          당신이 버린다고 하느님이 사라지나?

나가서도 죽을 건데, 이름없이 죽을 건데
여기서 당한 고통 그 누가 보답하리
여기서 죽는 것은 더 없이 좋은 기회
하느님의 영광을 드러내시게.

김아가다   그래도 나는 나는 나가 살테야
나가서 하늘보고 웃으며 살테야.
어두운 감옥에선 절망뿐이야

김종한   당신은 참 좋은 기회를 버리려 하는군
하늘보고 웃은들 무엇 하리오.
당신이 버린 하늘 무슨 의미 있겠소.
당신은 참 좋은 기회를 버리려 하는군

김아가다   나의 잠깐 실수로 큰 일 날 뻔했구려
내가 택한 하느님을 내가 버리다니
당신이 아니었다면 나는 버림받은 사람될 뻔했어요.

김아가다, 다시 감옥 안으로 들어간다.

군중들 합창(가톨릭 성가 283번 변용)
장하다, 순교자 주님의 용사여
높으신 영광에 빛나는 넋이여
칼 아래 쓰러져 백골은 없어도
푸르른 그 충절 영원히 빛나리
진실히 살아가는 김종한 안드레아
승리에 빛난 보람 그에게 주옵소서

김종한 피곤한 기색이 역력하다.

김종한   주여, 이 한 몸 희생으로
우리 민족의 밝은 미래를 불러 올 수 있다면

저를 주님의 도구로 써 주소서
배신한 전지수도 용서해 주소서
그는 주님의 넓은 세계를 알지 못하고
현세에만 집착하여 배교하고 말았나이다.

전지수 등장

전지수   끝까지 나를 위하는 척, 기도를 하는군
나는 당신이 기도해 주지 않아도 잘 살 수 있어
내가 섬기는 하느님은 쌀과 돈이야

김종한   그래서 우리들은 너에게 쌀과 돈을 주었다.
그런데 너는 우리를 배반했어.

전지수   너희들은 가진 걸 다 나누지 않았어
나를 보면 멀리하고 먹을 걸 감췄지

김종한   그건 너의 욕심이 너무 강했기 때문이야
산골에서 남에게도 먹을 걸 나눠주는 건
네가 같은 교우였기 때문이지

전지수   그래, 나는 교우라서 걸인처럼 살았지
이제는 너희들을 팔아서 편하게 사는 거야

김종한   여기에 끌려온 누구도 당신을 원망 안 해
날마다 당신을 위해 기도해 주지

전지수   그런 기도 나에겐 쓸데없는 짓
나에게 필요한 건 오로지 돈, 돈
돈만 있어봐, 벼슬도 살 수 있어
세도 정치 나쁘다지만, 나에겐 지금이 출세의 기회야
교인 몇 명만 더 밀고하면 나는 벼슬자리에 오를거야
그러면 돈을 모아 더 높은 벼슬을 살 수도 있지

김종한   높은 벼슬 사거든 잊지를 말게
          굶어 죽을 당신을 구해 준 것은
          당신 위해 죽어간 교우란 점을
          교우들의 신음소리, 살점 때문에
          당신의 벼슬이 올랐다는 걸

전지수   교우를 잊고 안 잊고는 내가 알아서
          배교를 하고 안 하고는 당신 알아서
          우리는 길이 달라 여기에 왔네

김종한   다르다고 생각한 길, 같은 길이오
          여기서는 다르게 보이지만 조금만 가면
          한 군데서 만나는 물굽이라오

전지수   당신을 살리고 말고는 감사가 할 일
          나는 이제 벼슬 위해 나가려 하오

경상 감사 등장

감 사   전지수를 하옥하라

전지수   아니, 감사 나리

감 사   한 군데서 배신하면 두 군데서 배신하고
          출세 위해 배신하면 눈 먼 짐승이라
          네가 짐승이 되기 전에 가르침을 주리라
          한 입으로 두 말하는 인간을 어찌 믿으리

전지수   나를 어찌 가두겠소?

감 사   네가 준 정보에는 거짓된 것도 있었느니라.
          애들아, 이놈을 하옥해라.

전지수　　　예이, 빌어먹을 놈들아!
　　　　　　이제와서 나를 속이려 하느냐? 이 더러운 놈들아!

김종한　　　전지수를 살려 주시오. 약속했다면서요?

감　사　　　이제 그의 이용가치는 끝이 났다오.

김종한　　　당신은 한 지역의 수령 아니오?

감　사　　　수령이니 전지수를 하옥한 것이오.

김종한　　　놓아두면 더 많은 교우를 잡아들일 수 있을텐데.

감　사　　　이제는 그럴 필요 없다오.

김종한　　　무슨 말이오?

감　사　　　나라에서 내 맘대로 처단하라 했으니 이제 그만이오.
　　　　　　애들아, 죄수 김종한을 관덕정으로 끌고 가라

김종한　　　예수 마리아여, 저들을 용서하소서.
　　　　　　저들은 지금 저들이 죄짓고 있음을 깨닫지 못하고 있나
　　　　　　이다.
　　　　　　십자가에 못박혀 돌아가신 예수여
　　　　　　이날 이후에라도 배교하는 자 있어도 용서해 주소서
　　　　　　그들은 훗날 반드시 베드로처럼 되고 말 것입니다.
　　　　　　특히 파벌을 만들어서 정치적 욕심을 채우고 있는 자들

을 용서하소서
저들은 하늘의 영광을 모르고 있나이다.
아멘.

관덕정엔 이미 처형 준비가 되어 있다.
군중들 여기저기.

감 사   김종한, 당신도 배교라는 말 한마디면
         밝은 햇빛을 볼 수 있소.
         어찌 그리 고집을 부리시오.

김종한   내가 믿는 주님을 배반한다는 건 있을 수 없는 일
         속으로 믿으면서 겉으로 부정하면 스스로에게 거짓되는
         일 주님을 속이고 자신을 속이면서 이 세상을 살아간들
         무슨 영광 있으리오, 무슨 영광 있으리오.

감 사   당신들의 진실된 맘, 이 세상에 필요하고
         당신들의 참된 충성, 이 나라를 바로 잡아
         다 함께 영원 복락 누려 봅시다.

김종한   주님을 배반하고 어찌 진실되며
         주님을 버리고서 무슨 충성 나오리오
         주님을 섬기는 맘, 충성심에 비례하고
         인간의 평등함도 주님 앞에 가능한 일

감 사   보이지도 않는 주님을 믿는다니 웃기지 않소?

김종한   당신은 당신의 10대조를 보아서 믿소?

감 사   그건 내가 있으니 믿는 것이오.

김종한   그렇소. 내가 있으니 창조주를 믿는 것이오.
         보고 믿는 것이 아니라 그것이 진실이니 믿는 것이오.

감　사　　　그것은 유교로도 충분하잖소?

김종한　　　그것은 때에 따라 마음대로 변하는 것이오.
　　　　　　그러니 그것은 진리가 아니오.
　　　　　　두부는 두부고 콩은 콩이지만, 두부는 콩에서 나왔소.
　　　　　　그러나 당신들은 두부와 콩은 다르다고만 하고 그 근원
　　　　　　은 말하지 않고 있소.
　　　　　　세상을 그렇게 다스리니 민란이 일어나고 폭동이 일어
　　　　　　나는 것이오.

감　사　　　죽을 마당이라고 함부로 말하지 마시오.

김종한　　　함부로 말하는 게 아니올시다.
　　　　　　어디 한 해라도 가뭄이 안 들거나 수해가 안 나거나
　　　　　　병이 생기지 않은 해가 있으면 말해보시오.

감　사　　　당신들이 믿는 하느님이 그렇게 한 것이란 말이오?

김종한　　　그렇다고 할 수 있지요.

감　사　　　에이, 배교라고 한 마디만 하면 살려 주려 했더니
　　　　　　오히려 나를 설득하려 하고 있군. 얘들아! 준비해라.

김종한　　　목숨이 붙어 있는 물건들에게서 육신의 삶이란
　　　　　　언제든지 그칠 수 있소.
　　　　　　오히려 중요한 건 정신의 삶이오.
　　　　　　나의 목이 희광이의 칼날에 잘려 나가도
　　　　　　주님 향한 나의 넋은 여기를 지킬거요.

희광이의 칼짓이 없으면 좋겠다.
마지막에 김대건 처형 장면을 극적으로 만들기 위해서다.

군중들 합창(가톨릭 성가 283번 변용)

장하다, 김종한 주님의 용사여

높으신 영광에 빛나는 넋이여

칼 아래 쓰러져 백골은 없어도

푸르른 그 충절 영원히 빛나리

진실히 살아갔던 김종한 안드레아

승리에 빛난 보람 그에게 주옵소서

제2막과 제3막의 막간

새로운 집을 찾아가기

❤ 등장인물

    김제준
    김대건(7살)
    순이(7살)

1827년 솔뫼
김제준과 김대건이 걸어가고 있다.

김대건   아버님, 왜 갑자기 이사를 하시는 거죠?

김제준   으응, 여기서는 더 살기 어려워져서.

김대건   할아버지께서 벼슬이 떨어져서요?

김제준   그것도 그렇지만…

김대건   제가 순이하고 너무 잘 놀아서?

김제준   순이?

김대건   으응. 남녀칠세부동석인데, 이제 일곱 살이잖아요?

김제준   재복아, 그건 문제가 안 돼.

김대건   그러면?

김제준   우리가 주님을 섬기기 때문이야?

김대건   천주교 말이죠?

김제준   그래. 너의 증조할아버지나 할아버지께서도
          천주학을 하신다고 벼슬자리도 빼앗기시고 매를 맞아서
          고통을 당하셨잖니.

김대건   그래서 점점 살기 어려워진 거로군요.

김제준   그뿐 아니야. 대구에서는 너의 종조부께서
          참수 치명하셨다는 말 들었었지?

김대건   종한 할아버지 말씀이죠?
          제가 태어나기 전에 그러셨다구요?

김제준   그래. 그 할아버지께서 대구의 관덕정에서
          치명당하신 첫 번째 사람이 되신 거야.

김대건   양심껏 믿는 건데 왜 그래요?

김제준   나라에서 금하는데 우리가 믿으니까,
          다른 사람들이 우리를 자꾸 괴롭히는 거야.

김대건   그러면 그 사람들에게 안 믿는다고 하면 되잖아요?

김제준   그런 거짓을 보여선 안 되지.

김대건   나라에서는 왜 천주교를 금해요?

김제준   우리는 주님 앞에서 모든 사람이 평등하다고 믿는데,
          나라를 다스리는 사람들은 상하, 귀천을 두고 나라를 다
          스리고 있거든.

김대건   그래요?

김제준   그러니까 거기에서 온갖 나쁜 일이 벌어지는 거야.

김대건   나쁜 일을 하는 사람들이 나쁜 거잖아요?

김제준   그렇지. 그렇지만 요새는 그 사람들 세상이란다.

김대건   우리는 이제 어디로 가요?

김제준   솔뫼보다 더 깊은 산골로 간단다.

김대건   솔뫼는 참 좋은 곳이었는데.
          소나무 잎 스치는 바람 소리 끊이지 않고
          사시장철 푸른 잎이 가시지 않고
          겨울철 솔바람 소리 나를 일깨워
          소나무 같은 사람되리라고 다짐했는데.
          겨울철 솔바람 소리, 나는 잊지 못하리.

김제준   그건 네가 버려서는 안 될 소중한 꿈이란다.
          이제 나랏님도 지쳐서 아드님에게 대리청정을 시킨다니
          좋은 날이 머잖아 올 것이다.

무대 한쪽에 순이가 나타난다.

순 이   재복아, 가지마!

대 건   순이야!

순 이   이제는 소꿉장난하자고 조르지 않을게 가지마.

대 건   순이야, 그게 아니야!

순 이   아니긴 뭐가 아니야. 이제 내가 진짜 밥해 주께. 가지마!

대 건   순이야, 나중에 만나자.

순 이   너 장가들고 나서 만나면 무얼해.

대 건   나 장가 안 갈거야.

순 이   정말? 그럼 나한테 장가들거야?

대 건   나중에 보고.

순 이   그런 대답이 어디 있어.

대 건   나중에 대답할게.

순 이   난 너만 따라 다닐거야.

대 건   알아서 해.

김제준   순이야, 너도 꿈을 버리지 말고 살아라.
           주님의 보살핌이 있으면 나중에 또 만나겠지.
           잘 있거라.

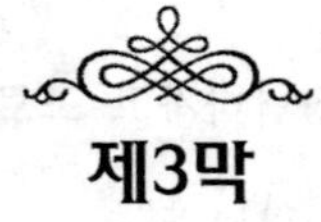

제3막

새벽을 기다림

‖ 제 1 장 ‖

❖ 등장인물

순원왕후
헌 종
이지연
정하상
김제준

1839년 기해박해 때

순원왕후, 헌종, 이지연이 앉아 있다.
헌종은 이제 14세의 어린 임금이다.

이지연　　　마마, 병조판서 조병현의 보고에 의하면 한양에서만

일곱 명의 천주학쟁이들을 체포하였다고 하옵니다.

헌 종   또 천주교 신자 얘기요?

이지연   그렇습니다, 마마.

헌 종   천주교 신자들은 선왕 시대에 이미 다 잡아 죽이지
              않았습니까?

순원왕후   마마, 그렇지 않습니다.

헌 종   그렇지 않다면,
              아직도 천주교 신자들이 많이 있다는 말씀입니까?

이지헌   그렇습니다, 마마.

순원왕후   천주교 신자들은 박해를 받을수록 더욱 강하게 믿음
              을 갖습니다.

헌 종   어인 연유로.

순원왕후   그네들은 지금의 세상을 지옥으로 보고 있으니까요.

헌 종   지금을 지옥으로?

순원왕후   소문에 의하면,
              지금 조선에는 외국인 신부도 들어와 있다고 합니다.

헌 종   외국인 신부가?

이지연   그러하옵니다.

헌 종   우리는 그러한 인물들이 필요없잖소?

이지연   그러하옵니다.

순원왕후   오히려 백성들을 혼란스럽게 할 뿐입니다.

이지연   천주학쟁이들은 어버이도 없고 임금도 없는 나라에서
            살겠노라고 합니다. 그러니 이러한 것들은 세상을 엇나
            가게 하는 사악한 것으로 박멸하지 않으면 안 됩니다.

순원왕후   그렇습니다, 마마.

헌 종   나에게는 아직 판단할 기준이 없네.
            누가 옳고 누가 그른지
            천주학도 이 세상에서 바르게 살자는 것인데
            어찌하여 관리들은 그를 미워하는가.

이지연   그건 단순한 이치 때문, 천주학쟁이들은
            주님 아래 인간은 모두가 평등하다
            귀천이 없다, 신분의 고하가 없다 하네
            그들이 말하는 건 아비없는 자식이요
            임금없는 백성이라네

헌 종   나를 도와달라.

순원왕후   임금이시여, 내가 있도다.
            천주학쟁이들은 모두가 사라져야할 존재
            남인 시파 모두가 사라져야할 존재
            우의정이여, 사학토치령을 내리시오.
            임금을 대신하여 내가 명령하노니
            천주학쟁이들을 하나도 남김없이 처단하시오.

‖ 제 2 장 ‖

❖ 등장인물

헌 종	이지연
조병현	정하상
김제준	김대건
고우술라	순 이

헌종, 이지연, 조병현 등이 정하상과 김제준을 문초하고 있다.

조병현　　네가 정하상이렸다.

정하상　　그렇소.

조병현　　네가 정약용의 조카렸다?

정하상　　그렇소.

이지연　　정약용은 배교하였기 때문에
　　　　　좋은 벼슬자리를 하지 않았느냐?

정하상　　그것은 배교가 아니라
　　　　　배교의 뜻을 보인 척 했기 때문이오.

조병현　　너의 아비는 누구냐?

정하상　　벽파의 난정으로 시파를 박해하려고
　　　　　일어났던 신유박해 때에 치명하신 정약종이올시다. 형
　　　　　님도 그때에 치명당하셨지요.

이지연　　할 수 없는 천주학쟁이 집안이로구먼.

정하상　　진리가 있는 곳에는 죽음이 발붙일 수 없기 마련입니다.

헌 종   안타까운 일이로다.

이지연   어찌 천주학만이 진리라고 함부로 지껄이느냐?

정하상   그럼 우리나라는 오늘날 왜 이 모양이 되었나이까?
            진리대로 나라를 다스렸다면 누가 나랏님을 존경하지 않
            을 것이며, 권력을 잡은 자들을 위하여 기도하지 않을
            것이오.

조병현   아니, 이놈이!

이지연   너희놈들은 임금도 없고 부모도 없다더니
            그 말이 옳은 말이렸다.

정하상   금과 옥을 가리켜 기와라 자갈이라 하고
            먹어서 이로운 걸 못 먹는 것이라 하니
            이 일을 장차 어찌할꼬
            십계의 제4계명은 부모께 효도 공경
            충과 효의 두 글자는 변할 수 없는 도리
            부모의 뜻 받들고 그 육신 봉양함은
            사람의 자식으로 당연히 해야할 일
            부모를 섬김에 그 예를 다하고
            부모를 봉양함에 그 힘을 다하네
            충성을 임금님께 옮겨 자기 몸을 바쳐
            끓는 물 속에 들어가고 타는 불을 밟기도 하네
            이대로 아니하면 계명의 가르침을 어기는 것
            이래도 부모를 멸시하고 임금을 업신여기는 걸까?

조병현   그러면 어찌하여 인간은 모두 평등하다 하는고?

정하상   임금이나 벼슬은 이 세상 살아가기 위해 맡겨진 직분일
            따름이지 인간이 다르기 때문이 아니올시다.

이지연　　　여기 적힌 죄목은 모두가 네 것이렸다.
　　　　　　중국을 여러 차례 왕래하여 외국과 연락하고
　　　　　　1931년 조선교구 독립에 지대한 공헌하고
　　　　　　외국신부 영입에 골똘히 몸바치고
　　　　　　그리하여 유방제, 모방, 샤스땅, 앵베르 신부들이
　　　　　　줄줄이 들어와서 백성을 혼란시켜
　　　　　　오늘에 이르렀네.

정하상　　　그것도 맞는 말이나 백성 혼란 틀린 말
　　　　　　김여상의 배반으로 내가 여기 있으나
　　　　　　천주교 덕분으로 백성은 진실을 알고 있다네.

헌　종　　　이 싸움이 언제까지 갈 것인고?

순원왕후　　임금이시여, 내가 있도다.
　　　　　　천주학쟁이들은 모두가 사라져야할 존재
　　　　　　남인 시파 모두가 사라져야할　존재
　　　　　　우의정이여, 사학토치령을 내리시오.
　　　　　　임금을 대신하여 내가 명령하노니
　　　　　　천주학쟁이들을 하나도 남김없이 처단하시오.
　　　　　　모방, 샤스땅, 앵베르 외국인 신부들도 모조리 처형하시오.

북소리

조병현　　　다음은 죄인 김제준!

김제준　　　나의 사위 잘못 두어 내 여기 와 있으나
　　　　　　나의 말은 바오로 형제 말과 같으니
　　　　　　구태여 묻지 말고 치명하게 해 주오

조병현　　　너에게는 물어볼 것이 또 있느니라.

김제준　　　내 아들 김대건은 열다섯에 중국으로

신부되려 떠났다오.
모방 신부로부터 안드레아 이름얻어
목숨바칠 각오하고 중국으로 떠났다오.
꿈에도 보고 싶은 내 아들 안드레아.

조병현　　신부가 되면 결혼도 할 수 없는데,
　　　　　　대가 끊겨도 상관없단 말이냐?

김제준　　이러한 세상에서 대를 잇고 못 잇는 것이 문제가 되겠소?
　　　　　　내 아들은 신부가 되지 않아도 나처럼 제 명에 죽지 못할
　　　　　　것이오. 신부가 되도록 한 것은 더 나은 문물을 좀더 정확
　　　　　　히 받아들이고자 하는 바람 때문이었소.

이지연　　그런 건 책으로 배워도 충분하지 않느냐?

김제준　　당신네들은 앞서가는 문물을 제대로 배웠다고 생각하시오?
　　　　　　내 아들 안드레아는 더 나은 지식을 목숨과 바꾸려는
　　　　　　각오로 중국 유학을 간 것이오.

김대건, 고우술라, 순이 나타난다.

김대건　　아버님, 소자 이제야 인사 올립니다.
　　　　　　저는 최방제, 최양업(崔良業)과
　　　　　　고국 떠나 7개월에 마카오에 왔나이다.
　　　　　　리봐 신부 덕택으로 중등과정 마치고
　　　　　　철학과 신학과정 공부 중에 있나이다.
　　　　　　하느님의 영광이 머리에 씌울 때에
　　　　　　주저않고 용감히 받으려 하나이다.

고우술라　　주여, 우리의 기도를 들어주소서
　　　　　　세상 복락 멀리하고 타국으로 간 아들
　　　　　　천사처럼 돌아오게 보살펴 주옵소서

                    이제 목숨바칠 남편도 받아주소서

순 이   주여, 우리의 기도를 들어주소서
             세상 복락 멀리하고 타국 간 사랑
             천사처럼 돌아오게 보살펴 주옵소서
             여기서 죽어갈 사람들도 받아주소서

김대건, 고우슐라, 순이 사라진다.

김제준   어지러운 세상의 더러워진 부귀영화
             깨끗한 세상에서 먼지만 못하네
             세도정치 눈어두워 백성들 괴롭힐 때
             하늘의 노여움은 한 자락씩 쌓여가네
             백성들은 하늘인데 저들은 아니라네

이지연   너는 너의 아들을 외국에 보낸 죄가
             얼마나 큰 지 아느냐?

김제준   그것은 당신들이 만들어 놓은 죄일 뿐이오.

이지연   자식을 외국으로 보냈기 때문에
             죽임을 당한다는 것을 모르느냐?

김제준   왜 모르겠나이까? 왜 모르겠나이까?
             이 한 몸 바쳐서 무지한 인간을 깨우칠 수 있다면
             이 한 몸 바쳐서 무지한 인간을 깨우칠 수 있다면
             이 세상을 하루 먼저 하직한들 무슨 한이 남으리오.

이지연   아직도 너의 죄를 모르는 모양이로구나!

김제준   그것은 당신들이 만들어 놓은 죄일 뿐이오.

헌 종   이 싸움이 언제까지 갈 것인고?

순원왕후 　　임금이시여, 내가 있도다.
　　　　　　천주학쟁이들은 모두가 사라져야할 존재
　　　　　　남인 시파 모두가 사라져야할 존재
　　　　　　우의정이여, 사학토치령을 내리시오.
　　　　　　임금을 대신하여 내가 명령하노니
　　　　　　천주학쟁이들을 하나도 남김없이 처단하시오.

북소리
정하상, 김제준 칼을 맞고 쓰러진다.

조병현 · 이지연 · 헌종 · 순원왕후
　　　　　　세상의 질서는 우리가 잡을 것
　　　　　　백성들 가운데에 불평도 있는 법
　　　　　　그러나 천주학은 용납할 수 없는 일
　　　　　　새로운 세상은 우리가 만드는 것
　　　　　　백성들이여, 기다리라 편안한 내일을
　　　　　　백성들이여, 받들어라 세도정치 주관자를

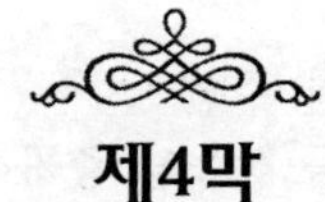

제4막

새벽에 뜨는 별

‖ 제 1 장 ‖

❧ 등장인물

　　　김대건
　　　페레올 주교
　　　다블뤼 신부
　　　그외 신자들

1945년
김대건이 신품 성사를 받는 금가항 신학교

군중들　　김대건 안드레아 신품 성사 받는다네
　　　　　조선 최초 사제가 이제야 탄생하네

다블뤼　　오늘은 하늘이 주신 날
　　　　　김대건 안드레아 수선탁덕 되었네

길고 긴 10년 세월 한걸음에 보내고
하느님 명에 따라 조선을 보살피라
그대를 파견하니
굳센 신부 되소서

김대건   오늘은 하늘이 주신 날
육신의 조상들 하느님 증거하다
썩어빠진 권력 앞에 무참히 참수되고
그 죽음 아직도 빛나지 못 하는데
불초한 이 자손이 영광 앞에 섰도다.
어머니여 보소서
순이여 보시게
조상들의 얼을 받아 하느님을 증거하고
인류 평등 실현 위해 이 한 몸 바치리라.

페레올   그대는 세상의 모든 욕망을 끊어버리겠는가?

김대건   예, 끊어버리겠습니다.

페레올   그대는 모든 악마의 유혹을 끊어버리겠는가?

김대건   예, 끊어버리겠습니다.

페레올   그대는 하느님에게 순명하겠는가?

김대건   예, 순명하겠습니다.

페레올   내 오늘 그대에게 성부와 성자와 성령의 이름으로
신품성사를 주노라.

김대건   아멘

페레올   이 세상은 풍파가 그치지 않는 험한 바다요

이 세상은 눈보라가 그치지 않는 험한 산이라
세상 사람 모두가 이익 찾아 배신하고 헐뜯고
다투고 싸우지만 하느님 발 아래라
안드레아 신부로서 세상에 파견되니
십자가의 예수처럼 자신을 희생하여
세상 평화 올 때까지 노력하시게

김대건 10년을 배웠지만 오히려 부족하고
높으신 하느님의 뜻조차 짐작 못해
언제나 바로 될까 걱정하고 근심했네
오늘에 이르러 세상에 내치시니
세상 바다 떠가면서 진리를 깨우치리
빛나는 태양일랑 머리 위에 심어 두고
그림자 벗을 삼아 양떼를 인도하리

다블뤼 안드레아 그대는 밝음을 심는 사도
조선의 어두움을 촛불처럼 밝히시게

군중들 조선은 아직도 세도정치 어지러워
사람 위에 사람 있고 사람 밑에 사람 있네
사회는 바뀌는데 정치는 옛날대로
변화를 따라야 해, 변화를 따라야 해
혼자서는 못 살아, 서로 교류해야 해

‖ **제 2 장** ‖

❦ **등장인물**
    김대건
    페레올 주교
    다블뤼 신부

고우술라
순이
그외 선원들

1845년
김대건이 라파엘호를 타고 조선으로 오는 모습

김대건   가자, 라파엘. 천사를 타고 가자
              여기서 조선까지 쉽사리 다가가리
              주님의 영광 위해 이 한 몸 바치리라
              가자, 라파엘. 천사를 타고 가자

바람이 세차게 분다.

페레올   우리가 가는 길은 빛을 싣고 가는 길
              바람이 거세어도 라파엘은 용감해
              바람이 거세어도 라파엘은 용감해
              우리가 가는 길은 빛을 싣고 가는 길

풍랑이 심하다.

다블뤼   심한 풍랑 다음에는 평온이 있나니
              평온을 축복하러 우리는 간다
              라파엘을 믿으며 우리는 간다
              라파엘, 우리의 수호 천사
              너를 믿는다, 너를 믿는다

더욱 거센 비바람과 파도

선원들   이제 큰 일 났습니다.
              돛대도 부러지고 먹을 것도 없습니다.
              나침반도 사라져 버렸습니다.

우리에게 남은 것은 절망과 죽음뿐입니다.
바다에 빠져 죽게 되길 기다리는 것뿐입니다.

신부들 기도하는 자세로 굳어 있다.

김대건   주여, 저희를 버리시나이까?
                주여, 저희를 버리시나이까?
                당신의 도구로 써 주시기도 전에
                저희를 버리시나이까?
                솔바람 소리처럼 저에게 오십시오
                저를 깨우쳐 주십시오.

기절한다.
고우술라, 순이가 바다 위에 나타난다.

고우술라   안드레아, 절망하지 마세요!

순 이   신부님, 절망하지 마세요!

고우술라   큰 일을 하기 전에 통과의례가 있기 마련
                하느님은 당신에게 시련을 주시지만
                그것을 극복하면 더 큰 기쁨 온다오
                내 아들 안드레아, 조국은 당신을 기다리고 있습니다.
                밝은 내일 위하여 당신이 필요합니다.

순 이   큰 일을 하기 전에 통과의례가 있기 마련
                하느님은 당신에게 시련을 주시지만
                그것을 극복하면 더 큰 기쁨 온다오
                나의 사랑 김대건, 조국은 당신을 기다리고 있습니다.

풍랑이 잠잠해진다.
신부들 자리에서 일어난다.

신부들, 고우술라, 순이
　　　　우리에겐 언제나 고난이 따를 것
　　　　십자가를 지고 가신 주님을 생각하며
　　　　주어진 고난보다 더 무거운 십자가를 달게 지고
　　　　민중의 구원 위해 이 한 몸 바치겠나이다.
　　　　절망이 있는 곳에 희망을
　　　　어둠이 있는 곳에 밝음을
　　　　슬픔이 있는 곳에 기쁨을 가져오는 자 되게 하소서.

선원들　　　저기 땅이 보입니다. 조선 땅이 분명합니다.
　　　　상해를 떠난 지 45일만입니다.

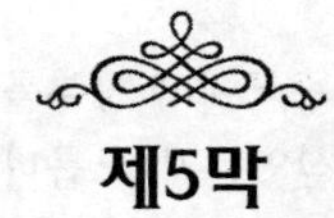

제5막

새벽이 오는 소리

‖ 제 1 장 ‖

❖ 등장인물

김대건
고우술라
순 이

1846년 신부가 되어 조선에 돌아온 김대건 신부와
그 어머니, 순이의 만남
궁벽한 산촌의 보잘 것 없는 집
수수한 차림의 고우술라와 순이

김대건　　　　어머님!

고우술라　　　안드레아 신부님!

김대건   아들이라고 불러 주세요.

고우술라   아닙니다, 신부님. 중국에서 그토록 힘이 들어
             신부님이 되셨는데, 우리가 공경해야지요.

김대건   어머님! 저는 중국에서 공부를 하면서 어머님의 그 음성이
             얼마나 듣고 싶었는지 모릅니다. 몸이 아파 밤새도록 신음
             하면서도 어머님의 그 음성을 기억하려고 무진 무진 애를
             썼어요.

고우술라   신부님 그것은 신부님이 되시기 전의 일입니다.
             이제 이렇게 만나 본 것만으로도 저의 소원은 다 이루어
             졌습니다.

김대건   어머님! 이제서야 어머님을 마음놓고 불러 보나 했더니
             그것도 허락하질 않으시는군요.
             아버님을 불러보고 싶으나 이미 하늘나라로 가셨으니…

고우술라   신부님, 그것을 사사로운 정이라고 합니다.
             이제 신부님은 지도자이십니다. 어릴 때에 하늘에 바친
             자식을 이제 다시 찾겠습니까? 하늘의 말씀을 따라 꿋꿋
             하게 나아가십시오. 그것이 어두움으로 휩싸인 이 나라를
             구하는 일입니다.

김대건   세상이 우리를 힘들게 하여도
             내 마음엔 언제나 당신들뿐이라오.
             이미 순교하신 조상들의 가르침은
             나의 마음 채찍되어 바른 길 가라하네
             어머님, 당신은 이 시대의 성모님입니다

고우술라   신부님의 말씀으로 마음의 병 다 나았습니다.
             순이에게도 한 말씀만 하소서.

김대건   순이라니요?

순 이   충청도 솔뫼 살던 순이입니다.

김대건   아아, 솔뫼! 소나무 바람소리, 솔바람 소리.
           나를 늘 살아있게 하는 소리들이었지.

순 이   기억하시는군요.

김대건   기억하다마다요.
           그 때 나와 그대의 모습들은 천진난만 그대로였소.
           그것은 내가 돌아가고자 하는 이상향이오.
           내가 중국으로 떠날 때에도 나를 배웅하러 왔잖았소.

순 이   그대 떠난 솔뫼에는 포졸들만 오락가락
           사랑의 그림자는 어디에도 없는데
           솔바람 소리는 나를 재촉하였네
           중국의 그대는 큰 짐 진 희생양이라
           날마다 기도했소 날마다 기도했소
           한 번만 만나보면 죽어도 좋으니
           그대여 빨리 오라, 그대여 빨리 오라
           기도의 응답인 듯 그대를 만났네

고우술라   이 몸이 이렇게 살아있음은 모두 다 순이 덕분이라오.
           이제 순이에게 세례성사를 주소서.

순 이   이미 데레사란 이름으로 작정하고 십오년이 지났어요.

김대건, 고우술라, 순이 다함께
           우리를 핍박하는 혼탁한 세상에서
           서로 사랑 확인하고 죽음을 각오하네
           죽음으로 바꾸어 논 새로운 세상 질서
           누구나 대접받고 누구나 행복하게

우리 모두 실천으로 서로를 위하면서
세상을 밝히는 촛불이 되어 보세

‖ 제 2 장 ‖

❤ 등장인물

김대건	포도대장
헌 종	임성룡
권돈인	엄수동
조병현	

1846년 김대건을 국문하는 자리

포도대장　　　네, 이놈들!
　　　　　　　지금부터 묻는 말에 한치도 거짓이 없도록 하렸다.

임성룡　　　　예예, 말씀만 하십시오.

엄수동　　　　저희가 보고 들은 그대로 말씀드리겠습니다.

포도대장　　　너희들은 이 자가 처음부터 외국인 신부인 줄 알았느냐?

임성룡　　　　아닙니다. 그렇지 않습니다.

엄수동　　　　중국에서 온 배에 무엇을 전해 주려는 양반인 줄로만
　　　　　　　알았습니다.

포도대장　　　전해 주는 것을 보았느냐?

임성룡　　　　저희의 소관이 아니기 때문에 눈여겨보지 않았습니다.

조병현   배 위에서 같이 행동을 했으면서 그걸 말이라고 하느냐?

엄수동   큰 물건은 아니고 편지같은 것을 전한 줄로 아룁니다.

임성룡   그런 것은 이미 해주 감영에서 문초를 받을 때에 아
          뢰온 말입니다.

포도대장 아니 이놈이 어디라고 함부로 말을 하느냐?
          묻는 말에만 대답하여라.

임성룡   죽을 죄를 지었나이다. 죽을 죄를 지었나이다.
          천주교 죄인 줄 알았더라면
          어디에도 실어 주지 않았을 것을
          배부리고 살아가는 어리석은 백성
          너그러이 보살피사 용서하소서

엄수동   죽을 죄를 지었나이다. 죽을 죄를 지었나이다.
          천주교 죄인 줄 알았더라면
          어디에도 실어 주지 않았을 것을
          배부리고 살아가는 어리석은 백성
          너그러이 보살피사 용서하소서

김대건   이 사람들에게는 아무 잘못도 없소.
          물론 본인에게도 잘못이 없소.

조병현   너의 아비도 그렇게 해서 죽어 갔느니라.

김대건   그러니 이제는 죄없는 사람들을
          더 이상 죽이는 일이 없도록 하기 바라오.

권돈인   네가 중국인에게 전한 편지와 지도가 여기에 있다.
          이런 걸 전한 까닭이 무엇이냐?

김대건   내가 쓴 편지는 중국에 있는 신부님에게
           도움을 요청한 것
           지도는 바다 근처를 그려서 본 것이라오
           지금 조선은 사방이 닫힌 나라
           세상은 변하는데 조선만 닫혀있네
           그대들이여 들리지 않는가, 새벽이 오는 소리가

조병현   그 소리는 너희의 소리
           우리는 아직 잠에서 깨지 않았다.
           남이 잠든 깊은 밤에 소리지르면
           잠든 사람 괴로운 줄 그대는 모르는가

권돈인   그 소리는 너희의 소리
           우리는 아직 잠에서 깨지 않았다.
           남이 잠든 깊은 밤에 소리지르면
           잠든 사람 괴로운 줄 그대는 모르는가

김대건   함께 깨어 있으면 조화로움이 있을 뿐이오.

헌 종   그대의 재주는 아주 비상하여 과인이 감탄하는 바이다.

김대건   이 넓은 세상에 그만한 재주를 가진 자는
           얼마든지 있습니다.

헌 종   그 말이 참말이렸다.

김대건   우물 안의 개구리는 작은 하늘만 보고 삽니다.

권돈인   그대는 아직도 자신의 죄를 뉘우치지 아니하고
           상감마마를 가르치려 하는가?

김대건   가르치고 배우는 데에는 상하귀천이 없어야 하오.

헌　종　　　우리는 지금 갈 길 잃은 나룻배
　　　　　　뱃사공도 배주인도 자기 주장만 해
　　　　　　이러다간 산으로 배가 가리라
　　　　　　넓은 바다 가보면 큰 배 있지만
　　　　　　우리 것 아니라고 배척만 하네

권돈인 · 조병현
　　　　　　마마, 마음이 약해지시면 아니되옵니다.

권돈인　　죄인이 약간의 재주를 가졌다고 해서
　　　　　　다스림에 예외가 있어서는 아니되옵니다.

헌　종　　천주교를 박해해서 우리에게 남는 것이 무엇이오?
　　　　　　세도정치의 권위만 남는 것 아니오.
　　　　　　왕보다 더 힘이 있는 세도정치의 벽 말이오.

조병현　　마마, 고정하소서.

사중창으로 노래한다.

헌　종　　우리가 갈 길은 너무 멀어요
　　　　　　서로를 헐뜯으며 언제 가려나
　　　　　　자기 세력 불리려고 애를 쓰다가
　　　　　　배를 끌고 산으로 올라가겠네

권돈인　　우리가 갈 길은 너무 멀어도
　　　　　　여럿이 힘 모으면 쉽게 갑니다.
　　　　　　같은 생각해야만이 힘이 되느니
　　　　　　네 편 내 편 갈렸다고 걱정마세요

조병현　　우리가 길 길을 인도하는 자
　　　　　　조금은 잘못돼도 용서해야 해
　　　　　　너그러운 마음이 앞을 가리면

어디로 갈 것인지 헤맬 수밖에

김대건   임금을 받드는 건 백성의 임무
         자기 욕심 버리고 백성 위하여
         편가르기 하지 말고 봉사하면은
         어둠 깊은 밤에도 새벽있다오

**고우술라, 순이 등장
이중창으로 노래한다.**

고우술라   임금님이시여 임금님이시여 저를 보소서
          천주님을 믿어서 죄가 된다면
          내 아들 대신에 제가 죽겠소
          아들이 죄인이면 어미는 더 큰 죄인
          이 세상을 후회없이 하직케 하여 주오
          진정한 임군이면 백성 바램 이뤄주오
          임금이여 임금이여, 나를 대신 죽여주오

순 이   임금님이시여 임금님이시여 저를 보소서
          천주님을 믿어서 죄가 된다면
          내 사랑 대신에 제가 죽겠소
          죄인을 사랑하는 더 큰 이 죄인
          이 세상을 후회없이 하직케 하여 주오
          진정한 임군이면 백성 바램 이뤄주오
          임금이여 임금이여, 나를 대신 죽여주오

권돈인   김대건! 너는 국금을 어기고 해외에 유학한 죄,
         천주교회의 중요한 지도자인 죄를 아느냐?

김대건   그건 그대가 만든 죄일 뿐이오.
         그대는 새벽이 오는 소리가 들리지 않소?

권돈인 · 조병현

　　　　　마마, 죄를 짓고도 뉘우칠 줄 모르는 김대건에게 염사
　　　　　지죄반국지율(染邪之罪反國之律)을 적용해야 합니다.

헌　종　　　재주가 아깝잖소? 스물 다섯 살이오.

김대건　　　밤이 깊으면 새벽이 오는 줄 모르지만
　　　　　잠시만 깨어보면 여명이 보이네
　　　　　잠들어 있어도 잠든 줄 모르는 자들이여
　　　　　우리가 문을 닫은 사이 나라는 꺼져가네.

순　이　　　밤이 깊으면 새벽이 오는 줄 모르지만
　　　　　잠시만 깨어보면 여명이 보이네
　　　　　잠들어 있어도 잠든 줄 모르는 자들이여
　　　　　우리가 문을 닫은 사이 나라는 꺼져가네.

권돈인　　　김대건에게 군문효수형을 내리소서! 마마!

고우술라　　나라를 지키고자 칼을 갈아 왔어도
　　　　　외국에 드나듦이 죄가 된다 하시네
　　　　　목숨 걸고 닦은 실력 강대국에 이용하여
　　　　　이 나라를 편안하게 인도하여 보소서

권돈인 · 조병헌

　　　　　마마, 김대건에게 염사지죄반국지율을 적용하여
　　　　　군문효수 하소서. 마마!

희광이들 등장

헌　종　　　김대건을 군문효수하라!

김대건　　　군문효수 무섭지만 잠든 줄 모르는 그대들이 더 무서워

　　　　나는 이제 편안하게 당신들을 내려다보리
　　　　항상 나를 깨운 솔바람 소리 천년을 새롭게 하리
　　　　그대들은 사공이라 배를 끌고 가는 곳엔
　　　　나침반이 필요하나 그의 소용 모르도다
　　　　밝은 날이 오거든 모두 한편 되소서

희광이들 김대건의 목을 친다.
무대가 어두워지며 천둥이 친다.
헌종, 권돈인, 조병현, 희광이들 급하게 퇴장.
솔바람 소리 들리는 가운데 김대건 서서히 하늘로 오른다.

고우술라 · 순이
　　　　장하다, 김대건 주님의 용사여
　　　　높으신 영광에 빛나는 넋이여
　　　　칼 아래 쓰러져 백골은 없어도
　　　　푸르른 그 충절 영원히 빛나리
　　　　무궁화 머리마다 영롱한 안드레아
　　　　수선탁덕 김대건 안드레아

막 내린다.

풀잎 사랑

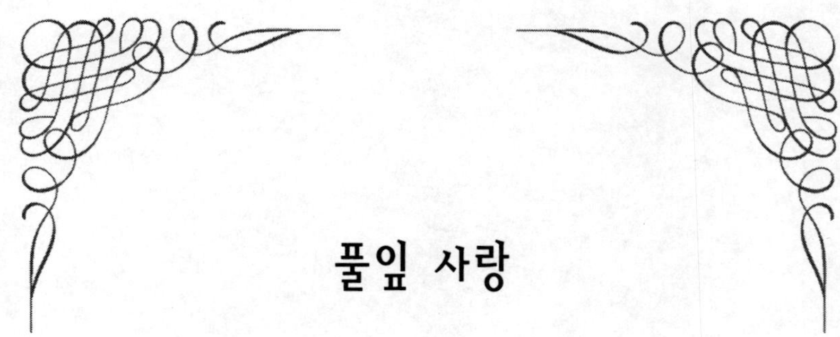
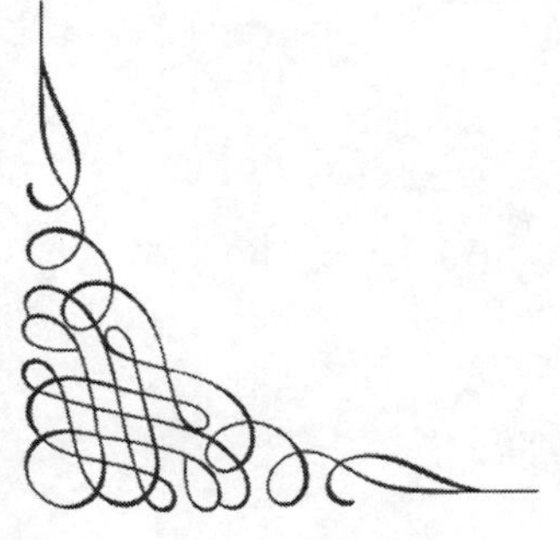
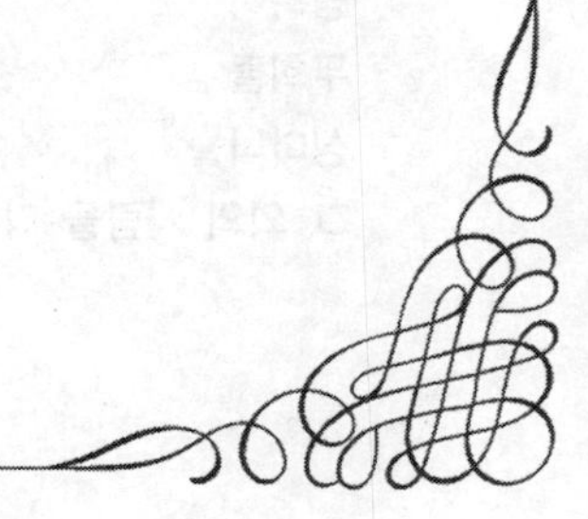

허준 1 (실제의 허준)
허준 2 (가상의 허준)
선　조
이항복
창자(唱者)
명옥이
무희들
심마니들
그 외의 사람들 다수

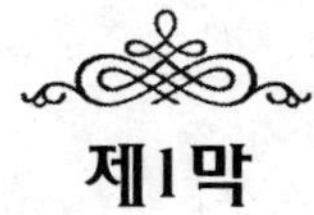

제1막

♥ 시기	1610년 광해군 2년
♥ 등장인물	
	허준 1(실제의 허준)
	허준 2(가상의 허준)
	창 자(唱者)
	무희들
♥ 무대	조선 시대 선비들의 방 안

무대가 밝아오면
무희들이 무대 위쪽에서 춤을 추다가
점차 무대 가운데로 나온다.
허공을 향하여 무언가 불러내는 것 같은 동작.
이에 맞추어 천장에서 크게 만들어진
『동의보감(東醫寶鑑)』이 내려온다.
무대 중간의 적당한 허공에 떠 있는 『동의보감』.
얼마간의 춤을 추다가 퇴장하는 무희들.

아쟁 연주 소리가 가녀리게 들리며
허준 1이 무대 오른쪽에서 등장한다.
허준 나이가 들었다.
허준 감개무량한 듯이『동의보감』을 쳐다본다.
허공에서 들려오는 소리.

사람은 宇宙에서 가장 靈貴한 存在이다.
머리가 둥근 것은 하늘을 象한 것이요
발이 모난 것은 땅을 象한 것이다.
하늘에 四時가 있으며 사람에게는 四肢가 있고
하늘에 五行이 있으며 사람에게는 五臟이 있다.
하늘에 六極이 있으며 사람에게는 六腑가 있고
하늘에 八風이 있으며 사람에게는 八節이 있다.
하늘에 九星이 있으며 사람에게는 九竅가 있고
하늘에 十二時가 있으며 사람에게는 十二經脈이 있다.

무대 왼쪽에서 등장하는 창자(唱者)

창자　　　(성주풀이조로 노래한다.)
　　　　　하늘에는 새가 떠 있어야 제대로 된 것인데
　　　　　어이하여 새가 아닌 책이 떠 있는가
　　　　　새처럼 뜬 책이면 분명 무슨 연고 있으리
　　　　　책에서 내리는 은혜가 새의 노래 같을진저
　　　　　이름하여 동의보감, 동의보감이라
　　　　　동의란 무엇인가, 동의란 무엇인가
　　　　　어찌하여 동의인가, 어찌하여 동의인가.

허준 1　　(대화하듯이) 동의란 동방의 의술이니
　　　　　우리의 것임을 말하네
　　　　　동방의 작은 나라 언제나 중국에 매여 있네
　　　　　중국과 우리나라 질병도 다른 법
　　　　　그러하니 의술도 달라야 하는 법

동의보감 있어서 우리를 날게 하면
아픈 몸을 고쳐서 새처럼 날게 하면
이것이 성상의 은총이 아니고 무엇이리요.

허준 2　(노래하듯이) 동의보감 지은 것은 당신 자신이지만
어찌하여 임금의 은총이라 겸손하신고
좋은 일은 드러내어 내 이름 삼고
나쁜 일은 숨기어서 남에게 밀고
득될 것은 챙기는 게 인간의 심성
그런데도 당신은 임금만 칭송하네.

허준 1　(대화하듯이) 사람 사는 집에는 기둥이 있고
기둥이 있어야 지붕이 있네
내가 사는 이 세상은 작은 집인데
그곳의 기둥은 임금이시네
거기다가 임금은 지붕이시니
나아가면 우리의 하늘이시네

창자　(성주풀이조로) 기둥 좋고 지붕 좋은 집에서는
효자가 나고, 걱정없이 살아가니 모든 게 감사
기둥과 지붕은 하늘이라니, 임금의 덕망따라 백성도 변하네
자화자찬하지 않는 허준을 보니,
그의 마음 깊은 곳에 있는 것은 오로지 충성
충성 충자한 자만이 그의 기둥되었다네.
거기 맞춰 지어낸 책,
동의보감은 새처럼 하늘에 떠 백성 살피리.

허준 1　(감회에 젖어) 지금부터 십사년 전 선왕님께서
우리 백성 질병없게 살게 하려면
우리 의학 필요하다 역설하셨지.
내가 한 일 오로지 진찰과 처방
의학을 세우려면 경험이 중요

사람마다 체질마다 처방이 다르지만
알기 쉽게 정리하려 마음 먹었지.

허준 2　　(분노한 어조로) 그리하여 자네가 간 길은 오로지 의술
가족의 평안이나 자손의 번창은 강 건너의 불
동의에 관한 집념 돌과 같으나
가족에 관한 집념 흙과 같았네
가족의 슬픈 마음 알기나 했나
언제나 자네 맘은 임금과 의술
저 책 속에 담겨있는 고통도 중요하다오.

허준 1　　(담담함 표정으로) 이런 저런 세상살이 모두 중요하지만
무언가가 희생돼야 하나를 이룰 수 있는 법
가족에게 집착하여 임금 뜻을 저버리면
고통받는 백성들은 그 누가 구하리오
인간 가치 고귀한 건 스스로를 희생해도
본분을 잊지 않고 겸손해지기 때문

무희들이 나와서 앞에서와 같은 춤을 춘다.

창자　　(밀양아리랑 조로) 의술은 경험이라 고귀한 기술,
의술은 고통 해방 첫 번째 기술
경험을 적어서 후세 유전하게 하고
고통을 벗겨주는 열쇠 만드니
가상하다 그 이름 구암이로다.
언해태산집요는 산부인과 의서요,
언해두창집요는 소아용 의서로다.
언해구급방은 장부용 의서이니
그대로만 따라 하면 질병없는 평화 세상
중국의학 모방 않고 동의 세우니
우리 민족 주체성이 뚜렷하도다 가상하다
그 이름 허준이로다.

제2막

❦ **시기**   1581년 선조 14년
❦ **등장인물**

    허준 1
    창　자(唱者)
    명옥이(젊은 여자)
    심마니 3명

❦ **무대**   여러 가지 풀들이 무성한 산 속

심마니 서넛이 등장
등에 바랑을 지고 있다.
함께 민요조로 노래를 부르며 산삼을 찾는다.

심마니들　　　(즐거운 표정으로 노래한다.)
　　　　　　　천불생 무록지인이요 지불생 무명지초라지만
　　　　　　　우리는 무록지인 산삼 찾는 심마니
　　　　　　　우리가 찾는 풀은 무명지초 아니라네
　　　　　　　산삼은 영물지초, 우리의 생명

한 뿌리의 산삼은 굶주림을 면해주고
두 뿌리의 산삼은 가문의 영광일세

이리저리 산삼을 찾아 돌아다니는 심마니들

심마니 1   (다른 심마니에게 묻는다) 어이, 자네들
오늘 준비를 단단히 하고 왔으렸다.

심마니 2   그걸 물어 무엇하리. 우리가 하루 이틀 심마니인가?

심마니 3   나는 목욕재계하고 성황당에 절하기를
스무 번도 더 했다네.

심마니 2   지난 번에는 목욕재계 서른 번 했다고 했잖았나?

심마니 1   정성이 부족하군!

심마니 3   그럼 자네들은 몇 번이나 하고 왔나?

심마니 2   몇 번인지도 모르게 했지.

심마니 3   몇 번인지도 모르는 건 안 한 거나 마찬가지야.

심마니 1   그건 그렇군. 원은 둥그렇고 가다보면
도로 제자리로 돌아오니 말이야.

심마니 2   그건 그렇지 않아. 원이 둥그래서 돌아오면
제자리이지만 출발할 때하고는 다르단 말이야.

심마니 1   그것도 그렇군.

심마니 3   자네는 뭐가 그렇고 그렇단 말이야?

이것도 그렇고 저것도 그렇고.

심마니 1   그것도 그렇군.

심마니 2   아니, 이 사람이 점점 더 하는군.

심마니 1   아아, 이 사람들아. 지금 세상이 그렇지 않은가?

심마니 3   뭐가 어째서?

심마니 1   나랏님이 편치 않고, 왕자님도 변변치 않고 말일세.

심마니 2   그것도 그렇군.

심마니 3   아니, 이 사람이. 자네도 닮아가나?

심마니 2   왜구들은 바닷가 이곳저곳에 나타나서
우리 나라 백성을 괴롭힌다잖아?

심마니 1   그러니 세상이 이것도 그렇고 저것도 그렇고
살 맛이 안 나는 거야.

심마니 3   별 소릴 다 하고 있네.
산에서 산삼이나 캐는 우리에게 나랏님은 무엇이며,
왜구는 무엇인가?
산삼이나 몇 뿌리 캐다가 내다 팔아서
식량이나 끊어지지 않게 하면 그것으로 만족이지.

심마니 2   그렇긴 해. 송충이가 소나무에 붙어 있으면 행복하듯이.

심마니 1   이런 작자들, 자네들은 군군신신민민(君君臣臣民民)이란
말도 못 들어 봤나?

심마니 3   누가 누구의 신을 신고 도망을 갔어?

심마니 2   아무리 무식한 심마니라 하더라도
               교양을 갖추게, 교양을!

심마니 3   그래, 나에게 있어서 교양이란 배부르고 등 따뜻하고
               마누라 궁둥이 두드리는 게 교양이다.
               그걸 위해서 이렇게 산 속을 뒤지고 다니는 거 아니야?

심마니 1   그러니 그 눈에 무슨 산삼이 보이겠나?

심마니 3   그러는 자네들은 교양이 높아서 산삼이 잘 보이나?

심마니 2   정신이 넉넉하면 육체적 고통도 쉽게 이길 수 있다는
               거지.

심마니 3   사흘만 굶어 봐라 남의 담을 넘지 않나!
               오죽하면 목구멍이 포도청이라고 했겠나.

심마니 1   그건 그렇기도 하다.
               그렇지만 나는 이번에 한 뿌리 보면 나랏님께 바칠 것
               이다.

심마니 2   그건 또 왜?

심마니 1   백성된 도리로 나랏님의 건강을 위해서.

세 사람, 노래한다.(민요조로)

               우리의 무사함도 나랏님 덕분이요
               가족의 무탈함도 나랏님 덕분일세
               군군신신민민인데 우리도 백성답게 백성 노릇하여 보세

왜구는 노략질 관리는 포악질
그래도 우리는 민초라네 우리는 민초라네.

산신이여 산신이여 우리 할머니 살려주오
우리 할머니 나를 위해 이십년을 애썼건만
시집 못간 나 때문에 자리 보전하셨다네
할머니 위해 시집을 가야 하나
할머니 위해 시집을 가지 말까
시집을 가자 하니 할머니가 불쌍하고
출가를 마자하니 할머니가 자리보전
진퇴양난 이 신세를 그 누가 알아주나
그래도 급한 것은 할머니 위해 약초 캐기
산삼이나 구하면은 모든 것이 해결될까

심마니 1   저 젊은 처자도 산삼을 캐러 왔군.

심마니 3   목구멍이 포도청이라니!

심마니 2   어렵고 어렵도다. 내가 산삼 열 뿌리만 캐면
한 뿌리를 저 처자에게 주겠다.

심마니 1   그러지 말고 아예 장가도 들지.

심마니 2   예끼 이 사람, 지금 내 코가 석자야.
내 한 입 풀칠도 어려운데 장가는 무슨 장가!

명옥이 몇 번인가 머뭇거리다가 심마니들에게 다가온다.

명옥이   (나지막한 소리로) 저어, 약초캐는 아저씨들인가요?

심마니들   (서로를 쳐다본다.)

명옥이   그렇다면 할머니 병을 다스릴 약초좀 알려 주세요.

심마니 2   병을 다스리는 데에는 산삼이 제일이지.

명옥이   그건 구하기 어렵다니 어쩔 수 없구요.

심마니 1   그 처자 할머니 병세를 얘기해 보시우.

심마니 3   (작은 소리로) 자네가 고칠 수 있겠나?

심마니 1   (역시 작은 소리로)
              말이라도 하고 나면 속이 후련해지는 법이거든!

심마니 3   하긴 그래! 그건 그렇군!

심마니 2   뭐가 그렇단 말이야?

심마니 3   이 처자의 할머니가 불쌍하다고.

명옥이   네에. 그래요. 저의 할머니가 불쌍해요.
              제가 어릴 때에 어머니 아버지가 돌아가시어서
              오늘날까지 저를 보살펴 주셨거든요.
              그런데 갑자기 아프신 거예요.

심마니 1   허어, 저런. 그래 어떻게 아프신가?

명옥이   머리 한쪽이 심하게 아프고,
              때때로 눈이 안 보이는 것 같다고 하시는군요.

심마니 2   노인네 머리가 아픈 것은
              생각하기 싫은 일이 있기 때문이고,
              눈이 안 보이는 것은 보기 싫은 것이 있기 때문이지.

심마니 3   어쭈, 의원 뺨치는군.

심마니 2   약한 자를 돕는 것은 힘있는 남정네의 의무라고!

심마니 1   그러면 자네는 얼른 산삼이나 열 뿌리 캐러 가!

명옥이   저도 답답한 마음에 산삼이나 찾아서
             할머니에게 드리려고 이렇게 나섰습니다.

심마니 3   그런데, 그 산삼이라는 게 그렇게 쉽게 눈에 띄나?

명옥이   지성이면 감천이라고요!

심마니 1   지성이면 감천! 그건 다아 책이나 보고 앉아서
             에헴하는 사람들이 하는 소리야.
             우리에게는 감천이란 게 없어.
             그냥 오늘 하루를 살아가는 거야.

명옥이   그래도 맑은 하늘이 착한 사람에게
             쓸데없는 고통을 주겠어요?

심마니 1   아니 처자가 지금 당하고 있으면서도 그걸 몰라?

명옥이   이 고통을 이기고 나면 좋은 날이 올 거예요.

심마니 1   우리 같은 민초들은 다아 그렇게 믿고 살지.
             그나마도 없으면 어찌 살겠나.

명옥이   아저씨들, 우리 할머니좀 살려 주세요.
             불쌍한 우리 할머니!

심마니 2   우린들 어찌 할 수 있나.
             (팔을 들어 저쪽을 가리키며) 저쪽에서 신선이 나타나

서 처자의 할머니를 고쳐 주기 전에는…….

절망에 빠진 명옥이.
그때에 무대 한 편에서 허준 1이 나타난다.
약초를 캐기 위해 산에 들어온 허준 1
허름한 차림의 허준 1.
심마니 일행과 명옥이 몸을 숨기는 듯하면서 허준 1을 지켜본다.

허준 1   (이런 저런 풀을 뜯으면서 진양조로 느리게)
                우리 강산 좋을시고 우리 강산 좋을시고
                인간을 점지하사 생노병사 아우를 제
                우리 강산 약풀로는 우리 질병 다스리니
                허약한 사람들도 풀의 성질 알게 되면
                몸의 고통 줄이어서 재미있는 세상살이
                사람들은 그걸 몰라 산삼만 캐러오네.

심마니들 서로 쳐다본다.

심마니 1   (명옥이에게) 저 사람이 자네 할머니
                병을 고쳐 줄 신선인가 보다.

명옥이   그런가 보아요.

심마니 2   얼른 가서 물어 봐!

명옥이   그러지요. (하면서도 머뭇거린다.)

심마니 3   아니 무얼 망설이는 거야?
                사정이 급한데 남녀 내외를 따지는 거야?

명옥이   알았어요.

명옥이, 허준 l에게 다가간다.

명옥이   저어…….

허준 1   (쳐다본다.)

명옥이   저어…….

허준 1   젊은 처자가 산 속에서 헤매는 것을 보니
무슨 딱한 사정이 있는가 보오.

명옥이   (약간 쑥스러워 하다가 용기를 내어) 그렇습니다.

허준 1   무슨 걱정이 있으시오?

명옥이   저의 할머니가 다친 데 없이 편찮으신 지 오래됩니다.

허준 1   (얼른 달려갈 자세로 묻는다.) 어디가 어떻게 아프시오?

명옥이   머리가 이쪽 저쪽으로 아프다고 하시더니
이제는 눈도 침침하게 됐답니다.

허준 1   할머님께서 마음이 편치 않은 일이 있었던가 보오?

명옥이   제가 나이가 차도 시집을 가기 어려우니
그게 걱정이 되신 모양입니다.

허준 1   허어, 그렇군. (고개를 들고 생각에 잠긴다.)
그러면 그것은 일종의 편두통이군.

명옥이   편두통이오?

허준 1   그렇다오.
심해지면 마음에 화가 되어 고치기 힘든 병이 된다오.

명옥이   그러면 고칠 수가 있습니까?

허준 1   고치고자 하면 아주 쉬운 병이지.

명옥이   어떻게요?

허준 1   머리의 한쪽 반이 차고 아픈 증상이 편두통이네.
           편두통이 오래돼서 대변이 마르고 눈이 붉어지며
           어지러운 증상은 폐가 간을 지배해서 기운이 막히고
           피흐름이 꽉 막히어 그러한 증상이네.
           대승기탕(大承氣湯)으로 다스리고 밖으로는
           대황(大黃) 망초(芒硝)를 가루내어 우물 밑 진흙에 버
           무려서 양태양혈(兩太陽穴)에 붙이면 낫는다네.

명옥이   의원이신가요?

허준 1   내의원에 있다네.

명옥이   내의원이라면?

그들의 행동을 바라보던 심마니들 모여든다.

심마니 1   내의원이라면 궁궐에서 임금님의 옥체를 보살피는
           의원이지. 우리나라 최고의 의원들이 내의원에 있지.

심마니 2   근데, 당신은 어째서 궁궐에 있지 아니하고
           이 산에서 헤매는 거요?

심마니 3   (허준 1을 자세히 본다.) 행색은 보잘 것 없지만,
           얼굴에는 귀티가 흐르는구먼. 그래도 내의원에 있어야
           할 사람이 여기 있는 건 이해가 되질 않소.

허준 1   (중모리 가락으로 노래한다.)

내가 여기 나온 까닭은
우리나라 산야에 나는 약초를 살피고자 하는 것
우리 몸과 이 땅은 하늘이 준 것이니
병이 나도 자연의 이치 따라 고쳐야 하는 법
중국 의술 있다하나 우리에겐 맞지 않네.
신토불이 우리 강산 우리에게 활기 주니
약초도 우리 약초 의술도 우리 의술
그래야만 삶의 질서 바로 잡혀 즐겁다네.
이 몸이 궁궐 밖에 나온 것은 세상 질병 알아보고,
약초 조사하려 함이라네.

명옥이   그러면 의원님께서 저에게 주신 것이 우리 의술이십니까?

허준 1   그것은 의술이라고 할 수도 없는 것.

심마니 2   의원님, 그렇다면 약초를 캐는 것이
산삼찾기보다 낫겠습니다 그려.

허준 1   그렇고 말고요.

심마니 1   그런데 어느 게 약초인지 독초인지
우리는 알 수가 없잖아!

심마니 3   그건 그래.

허준 1   그러면 내가 몇 가지만 알려 주리다.
(4박자에 맞추어 노래한다. 다른 사람들은 가락에 맞추
어 춤을 춘다.)
열광 풍진 폭열 신장에 좋다, 개구리밥
징견 어혈 경맥 불통 요통에 좋다, 모란
적장 청맹 예종 사부닉창을 다스리고
풍소 신장 삼충을 죽이고 이목을 밝힌다, 맨드라미씨
수종을 다스리고 풍독을 제하고 대소변을 통리한다,

나팔꽃씨
소갈 객열 임부 심열 리갈을 다스린다, 갈대 뿌리
흉복 대열 협창종 사충교독 다스리고 월경을 통하게
한다, 뱀딸기
소변 번열 다스리고 흉격을 이하게 한다, 원추리 뿌리.
자, 어떻습니까? 이만하면 알아들을만 하지요?

심마니 1   그런 것들은 우리가 찾는 산삼보다는
훨씬 찾기 쉬운 것들이라오.

심마니 2   그걸 모아 두면 돈이 되는 겁니까?

허준 1   그렇고 말고요. 앞으로 동의가 완성되면 우리나라
산야에 나는 약초는 아주 귀중한 재보가 될 것입니다.

심마니 3   그런데 그 약초를 잘 알아낼 수 없단 말입니다.

허준 1   그걸 널리 알리기 위해서
내가 이렇게 돌아다니는 것 아닙니까! 의원들이 처방을
잘 하자면, 좋은 약재가 있어야 합니다. 우리나라 산야
에는 좋은 약재들이 널려 있는데, 그걸 알아보지 못하
고 모두가 중국의 의학에 따라 치료를 하려고 하는 것
입니다.

명옥이   (뭔가 결심한 듯) 의원님!

허준 1   왜 그러시오?

명옥이   의원님의 성함만이라도 알려 주십시오.

심마니들   그래야지요, 이렇게 고마운 말씀을 들었는데……

허준 1   허준이라 하오.

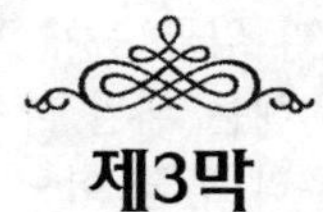

제3막

‖ 제 1 장 ‖

❖ **시기**　　1592년 선조 25년
❖ **등장인물**
　　　　　　선　조
　　　　　　허준 1(실제의 허준)
　　　　　　허준 2(가상의 허준)
　　　　　　이항복
　　　　　　명옥이
　　　　　　창　자(唱者)
　　　　　　그 외의 사람들 다수
❖ **무대**　　의주로 피난 가는 도중의 어느 강가

음울한 가야금 산조가 울리는 가운데
피난 가는 임금의 행렬이 강가에 머문다.

창자   (흐느끼듯 소리를 한다.)
            어이꺼나 어이꺼나. 우리 임금 어이꺼나.
            백성들을 잘 살리려 노심초사 하셨건만
            남쪽 사는 왜구들이 이 나라를 짓밟으니
            성군같은 우리 임금 옥체 보존 어이꺼나
            서산에 지는 해는 내일 다시 뜨련마는
            피난 행차 우리 임금 어느 날에 환궁하리

선조 이하 여러 대신들이 좌정하여 있다.
선조는 매우 피곤한 기색이다.

이항복   도승지 이항복 아뢰옵니다.

선 조   말씀하시오.

이항복   전하, 이 길은 언제 끝이 날지 모르는 것입니다.
            부디 옥체를 생각하시어 침소에 드시는 것과 수라 드
            시는 것을 잘 하셔야 할 줄로 사료되옵니다.

선 조   과인이 왜 그걸 모르겠소.
            그렇지만 그것이 뜻대로 되질 않소.

이항복   지금 무엇보다도 중요한 것은 전하의 옥체이옵니다.
            전하는 이 나라의 머리이시온데, 조금이라도 미령하시
            면 아니되옵니다.

선 조   과인의 몸이야 어의들이 잘 살피고 있지 않소?
            특히 허준 의원이 말이오.

이항복   전하, 어의들도 지쳐 있사옵니다.

선 조   도승지의 뜻을 잘 알겠소.
            지금 지쳐 있지 않은 사람들이 어디 있겠소? 그대는

이 난국을 어찌 벗어날지 궁리를 해보시오.

이항복   명나라에 원군을 요청해서
          그 군사들이 곧 당도할 것이옵니다.

선 조   저기 저 강물은 우리에게 이로운 것이지만
          때로는 큰 피해를 입히기도 하지.

이항복   무슨 뜻으로…….

선 조   아니, 그저 혼자 해본 소리요.
          우리에게 이로운 것이 늘 이로운 것만은 아니라는 말
          이오.

이항복   전하, 그래도 이번만은 명나라의 힘을 빌지 않을 수
          없사옵니다.

선 조   물에 빠진 자가 어찌 밧줄을 마다겠소.

이항복   망극하옵니다.

선 조   허준 의원을 좀 불러 주시오.

이항복   예, 전하!

이항복 물러가고, 초췌한 모습의 허준 1이 등장한다.
등에 가벼운 짐을 졌다.

허준 1   전하, 허준이옵니다.

선 조   이리 오시오.

허준 1   전하, 옥체를 보존하소서.

선　조　　　　이게 어찌 나만의 고생이겠소?
　　　　　　　과인의 잘못으로 백성들이 고생하니 참으로 애달픈 일
　　　　　　　이오.

허준 1　　　　전하, 그게 어인 말씀이십니까.
　　　　　　　앞으로 평화로운 날들이 꼭 오고야 말 것입니다.

선　조　　　　평화로운 날? 그래, 나에게 고통 속에서
　　　　　　　평화를 가져다 준 것이 바로 그대였네.

허준 1　　　　어인 말씀을?

선　조　　　　2년 전 왕자가 몸이 아파 고생할 때, 나의 몸도 아팠
　　　　　　　었지.
　　　　　　　그대의 의술이 아니었던들 왕자의 두창이 쉽게 나았
　　　　　　　겠나?

허준 1　　　　(감격스럽게 노래한다.)
　　　　　　　왕자님의 두창은 제가 물려 받은 의술로 치료하였사오
　　　　　　　니 칭찬받을 사람은 소인이 아니오라 양혜수 선생이고
　　　　　　　왕자님의 건강은 나라의 행복이요, 전하의 기쁨이니
　　　　　　　소인의 소원은 동의를 완성하여 동의를 완성하여 우리
　　　　　　　동방 작은 나라 모든 백성 무병장수이옵니다.

허준 2가 핀 라이트로 등장.

허준 2　　　　(허준 1에게 들으라는 듯 노래한다.)
　　　　　　　왕자님을 보살필 때 어찌 그리 떨렸었나
　　　　　　　완치하면 다행이오 악화되면 죽음이니
　　　　　　　몸을 바쳐 치료한들 무슨 영광 있을쏜가
　　　　　　　병 고치면 의원이라 당연한 일
　　　　　　　못 고치면 의원이라 비난만 쏟아지네

어허라, 벗님네들 의원일랑 되지 마소
명예도 부귀도 하루 아침 햇살이네

허준 2, 핀 라이트 꺼짐과 동시에 퇴장

선 조   그러하이. 동방의 의술을 완성해야 해.
             훌륭한 의술을 가진 자들에게는 높은 관직도 주어야
             하고…….

허준 1   전하, 소신에게도 당상관이라는
             큰 벼슬을 내려 주셨습니다. 무한한 영광이옵니다.

선 조   공은 공으로 갚아야 하는 것이 군신 사이의 일이지.
             이제 서자니 뭐니 하는 쓸데없는 논쟁은 없어져야 해.

허준 1   은혜가 하해같사옵니다.

선 조   그런데, 그대의 등에 진 짐은 무엇이오?

허준 1   예에, 전하.
             이것은 소신이 내의원에서 치료를 할 때에 내렸던 처
             방전 가운데에 중요한 것을 모은 것이옵니다.

선 조   아니, 그 처방전을 왜 가지고 다닌단 말이오?

허준 1   동방의 의술을 완성하고자 하면 반드시 처방전이 있어
             야 그 근거가 되옵니다. 소신은 의원이라서 전하로부터
             모든 백성들에 이르기까지 질병에서 벗어나게 해야 하
             는 의무가 있습니다. 그러자면 우리 의술을 완성해야
             할 필요가 있는 것이옵니다.

선 조   참으로 갸륵한 말이오.
             이 전란이 수습되면 그대에게 중요한 일을 맡기리다.

허준 1   기다리겠사옵니다.

핀 라이트로 허준 2, 등장.

허준 2   (노래한다.)
              그대의 충성심은 임금의 마음을 움직였고
              그대의 진실한 마음은 백성을 울렸도다
              그러나 그대의 충성이 오로지 자신을
              위하는 데에서 나오지 않았는가 반성해볼지어다.

허준 2, 핀 라이트와 함께 퇴장.
허준 1, 이항복에게 간다.

허준 1   도승지 나리, 허 의원입니다.

이항복   어서 오시게.

허준 1   용안을 뵈오니 거칠기 짝이 없습니다.

이항복   걱정입니다.

허준 1   수라에 올릴 고기 좀 구해야 하겠습니다.

이항복   뭍에서 나는 고기나 물에서 나는 고기나 어떤 고기도
              없다오. 낚시꾼들도 한 사람 남지 않고 피난을 가버렸
              으니…….

허준 1   저라도 가서 물고기를 잡아야 하겠습니다.

이항복   그렇게라도 해야겠지요. 얼른 명나라 군사가 와서 왜구
              를 물리쳐야 할텐데…….

허준 1   중국의 힘을 빌리는 것은 이번이 마지막이 되어야 합니다.

이항복   그랬으면 얼마나 좋겠소.

허준 1   언제나 중국에 매어 살 수는 없는 노릇이 아닙니까?

이항복   (허준의 등을 가리키며)
            그 짐은 언제까지 지고 다닐 작정이오?

허준 1   이것은 동의를 완성하는 데에 꼭 필요한 것입니다.

이항복   동의라……, 동의라…….(무대 옆으로 사라진다.)

이때에 시종 한 사람이 다가온다.
뒤에 남자 하나가 따라 온다.
등에 바랑을 지었다.

시 종   의원 나으리, 나으리.

허준 1   왜 그러나?

시 종   (같이 온 사람을 가리키며)
            이 자가 의원님을 꼭 뵙자고 떼를 씁니다.

허준 1   (그 사람을 보며) 어디가 아픈가?

명옥이   (조금 있다가) 아니옵니다.

허준 1   아니, 복장은 여자 같은데…….

명옥이   저어, 명옥이라 하옵니다.

허준 1   명옥이?

명옥이   네에. 의원님께서는 십여 년 전에 산 속에 만나서 저의 할머니 병을 낫게 해주셨습니다.

허준 1   아하! 내가 까맣게 잊고 있었군!
그래 할머니는 나으셨나?

명옥이   병이 나으셔서 잘 사시다가 이태 전에 돌아가셨습니다.

허준 1   그러셨군. 그런데 여기는 웬일이오?

명옥이   의원님과 헤어진 뒤로 약초를 캐어서 잘 지내다가 이 전란을 당했습니다. (등에서 바랑을 내리며) 제가 정성을 다하여 마련한 약재들입니다. 필요할 것 같아서 가지고 왔습니다.

허준 1   기특한 일이오.

명옥이   저는 이제 의원님에게 의술을 배우겠습니다.

시종을 비롯한 여러 사람들 합창을 한다

허의원에게 여자가 생겼다네.
허의원에게 여자가 생겼다네.
젊은 여자가 생겼다네.
당상관이 되었으니 벼슬도 높고
임금님의 총애 입어 앞날 밝으니
이제는 예쁜 여자 제 발로 오네
허의원이 부럽구나 허의원이 부럽구나
우리도 충성 다 해 영예누리세

‖ 제 2 장 ‖

❧ **시기**　　　1607년 선조 40년
❧ **등장인물**

　　　　선　조
　　　　허준 1(실제의 허준)
　　　　허준 2(가상의 허준)
　　　　명옥이
　　　　무희들
　　　　그 외의 사람들 다수
❧ **무대**　　　궁　궐

허준 2　　　　　(민요조로 노래한다.)
　　　　　　　　이 내 몸은 허준이나 허준이 아니로다
　　　　　　　　겉으로는 허준이오 안으로는 허준이 아니로다
　　　　　　　　겉으로는 허준이 아닌데 안으로는 허준이로다
　　　　　　　　나는 본디 허준의 정신 세계, 허준의 본 마음
　　　　　　　　인간이란 언제나 겉과 속이 있는 법
　　　　　　　　임진왜란 7년 겪고 호성공신 3등급, 양평군이 되었네
　　　　　　　　지금에 이르러 허준의 본 마음은 피로하고 힘겨워
　　　　　　　　어디서 쉴 자리가 없을까 돌아보는 처지
　　　　　　　　그래도 허준은 왕의 곁에 있다네.

선조가 신하들과 더불어 축하 잔치를 벌이고 있다.
언해구급방 가편이 완성된 것이다.
그 책임자는 허준이었다.

선　조　　　　　오늘은 참으로 즐거운 날입니다.
　　　　　　　　15년 전의 고통을 정리하고 군신민이 합심 노력한 결
　　　　　　　　과 새로운 세상이 오고 있음을 알 수 있는 때입니다.
　　　　　　　　지난 7년간의 재난과 그 후에 있었던 여러 가지 어려

움도 새날을 위해서는 전진의 밑거름이 되어야 할 것
입니다. 당쟁에 의해서 백성들이 피해를 보는 일도 없
어야 할 것입니다. 지난 세월을 돌아 볼 때에 백성들
이 하늘이라는 것을 잘 알았습니다. 백성들은 배고프
지 않고 춥지 않고 병들어 고생하지 않기를 간절히 바
라고 있습니다. 짐과 경들은 이 점 명심하여 나라를
운영해야 할 것입니다.

이항복   지당하신 말씀이옵니다. 백성들이 병들어 고생하면 나
라에서 하고자 하는 일을 할 수 없습니다.

선 조   그리하여 짐이 10여년 전에 양평군에게 의서를 총정리
하라는 명을 내린 적이 있습니다.

이항복   참으로 현명하고 은혜로운 명이셨습니다.

선 조   양평군! 그 책을 보여주시오!

허준 1   (손에 든 보자기에서 책을 꺼낸다.)
여기 있사옵니다, 전하.

선 조   (꺼내어 본다.) 언해구급방이라, 언해구급방이라. 두
책으로 되었구려.

허준 1   급한 환자가 생겼을 때 위급을 피하기 위하여
간단히 처리할 수 있는 방법을 적은 책이옵니다.

선 조   장합니다.
모든 위기는 초기에 처리를 잘 해야 하는 것인데, 인
명에 있어서야 더욱 말할 것이 없지요. 한글로 쓰여서
누구나 읽기 쉽겠소.

허준 1   그렇습니다, 전하. 이 책은 몇 백년 전에 있었던 것이온데,

전란 중에 불타버려서 급히 다시 만든 것이옵니다.

이항복 양평군이 질병으로 고통받는 백성들을 생각하는 마음
이 아주 대단합니다.

선 조 그러니 이 나라 최고의 의원이 아니겠소?

허준 1 과찬이시옵니다, 전하.

선 조 누구나 자기가 맡은 자리에서 양평군과 같은 마음으로
만일을 하면 무슨 걱정이 있으리오.

이항복 오늘날의 다툼도 앞날을 평화롭게 하자는 것인 줄 아
옵니다.

선 조 이제 짐도 좀 편히 쉬어야 할 때인데,
한시도 그냥 두질 않으니 두렵기까지 하다오. 오늘은
누가 무슨 말을 할지 내일은 누가 무슨 말을 할지 걱
정이 된다오.

허준 1 망극하옵니다, 전하. 백성들의 몸과 마음이 건강해지면
모두 없어질 일들이라고 사료되옵니다.

선 조 그날이 언제 올지 모르잖소?

이항복 위기를 구하는 데에는 하나가 된 백성들이니, 그런 날
이 곧 올 것이옵니다.

허준 1 전하, 소신들이 이 책 이외에도 언해태산집요,
언해두창집요 같은 책들을 간행하려고 준비하고 있습
니다.

선 조 (기쁘게) 그러시오?
그러면 그 책들은 언제 만들어지는 것이오?

허준 1   아무리 늦어도 내년에는 간행될 것입니다.

선 조   참으로 장하오.
             백성들의 생명을 위해서 그토록 일을 하고 있으니…….

허준 1   그런 것을 바탕으로 해서 우리나라 백성들에게
             알맞은 치료법을 정리해야 할 필요도 있습니다.

선 조   그렇고 말고요.

이항복   이미 많은 진척이 있는 걸로 알고 있습니다.
             특히 양평군이 왜란 때에 지고 다녔던 처방전이 아주
             중요한 기초 자료가 되고 있답니다.

선 조   우리 백성의 병을 우리 의술로 치료한다, 그런 책을 낸
             다, 참으로 주체적인 일이오. 안 그렇소? 경들!

모 두   그러하옵니다, 전하!

선 조   그 많은 일을 도와줄 사람들은 충분한 거요? 양평군!

허준 1   (머뭇거린다.)

이항복   충분하지는 않지만 사정이 되는 대로 돕고 있습니다.
             그런데…….

선 조   그런데……, 뭐가 있소?

이항복   양평군의 일을 돕는 사람들 중에 명옥이라는 여자가
             있습니다. 밤을 낮삼아 자료를 정리하면서 돕고 있습니다.

선 조   허어, 갸륵한지고.

이항복   양평군의 의술에 감복하여 지난 전란 때부터 따라 다

니며 돕고 있사옵니다.

선　조　　　　그게 어떤 여자인지 궁금하구려.
　　　　　　　자기를 흠모하며 따르는 자들을 실망시키지 않는 것도
　　　　　　　대장부의 일입니다.

허준 1　　　　명심하겠사옵니다, 전하!

이항복　　　　명옥이가 밖에 와 있습니다.

핀 라이트로 명옥이 등장

명옥이　　　　(기쁜 마음으로 노래한다.)
　　　　　　　천지간 명을 받아 이 세상에 점지됨은
　　　　　　　한 점의 자취라도 남겨 놓고 가란 말씀
　　　　　　　이 몸이 여자로서 무슨 자취 남길건가
　　　　　　　모두가 욕심채우려 자기 주장하건마는
　　　　　　　양평군 허준 나리 언제나 백성 생각
　　　　　　　병들지 않게 하고 병에서 벗어날 길
　　　　　　　백성에게 찾아 주려 밤낮으로 애를 쓰네
　　　　　　　내 어찌 여자라도 그를 아니 섬기리오.

핀 라이트 꺼지고 명옥이 퇴장.

선　조　　　　오늘은 모처럼 축하할 일이 있는 날이오.
　　　　　　　우리 모두 오늘처럼 생각하며 살아갑시다.

**가야금을 중심으로 한 축하의 노래가 연주됨.
무희들의 춤이 이어진다.
모두가 즐겁게 웃는다.**

제4막

❧ **시기**　　1615년 광해군 7년
❧ **등장인물**

　　　　　　허준 1
　　　　　　허준 2
　　　　　　창　자(唱者)
　　　　　　명옥이(젊은 여자)
　　　　　　무희들
❧ **무대**　　조선 시대 선비들의 방 안(1막과 같은 배경)

창　자　　　　(성주풀이조로 노래한다.)
　　　　　　　하늘에 24기가 있으며 사람에게는 24유가 있고,
　　　　　　　하늘에 365도가 있으며 사람에게는 365골절(骨節)이
　　　　　　　있다.
　　　　　　　하늘에 일월이 있으며 사람에게는 안목(眼目)이 있고,
　　　　　　　하늘에 주야가 있으며 사람에게는 오매(寤寐)가 있다.
　　　　　　　하늘에 뇌전(雷電)이 있으며 사람에게는 희노가 있고,
　　　　　　　하늘에 우로(雨露)가 있으며 사람에게는 체읍(涕泣)이

있다.
하늘에 음양이 있으며 사람에게는 한열(寒熱)이 있고,
땅에 천수(泉水)가 있으며 사람에게 혈맥이 있다.
땅에 초목이 있으며 사람에게는 모발이 있고,
땅에 금석이 있으며 사람에게는 치아가 있다.
이러한 것은 모두 4대 오상(五常)을 품수(稟受)받아 가
합하여 형체를 이룬다.

무희들이 사람을 인도하는 동작으로 춤을 추고
아쟁 연주 소리가 가녀리게 들리며
허준 1이 무대 오른쪽에서 등장한다.
허준의 모습에 기력이 없다.

허준 1   내 이제 이생의 업을 다 마치고 저 세상으로 가야하는
          시간이 다가왔네. 선왕께서 승하하셨을 때에 이 몸의
          죄 크고 크건마는 상감마마의 은총으로 동의보감을 완
          성하였네.

허준 2가 등장.
허준 1의 기력이 쇠한데 비하여 허준 2의 기력은 왕성하다.

허준 2   자네가 저 세상으로 가려하니 나는 더욱 힘이 나네.

허준 1   그 무슨 연고인고?

허준 2   자네가 이 세상에서 마음을 끓이며 속이 상하며
          의술을 완성하려고 애를 쓰는 동안 나는 죽을 맛이었네.

허준 1   나의 일생은 참으로 험난한 기간이었네.
          어느 하루 편한 날이 없었으니 말일세.

허준 2   그럼에도 자네는 동방의 의술을 완성하는 책을 쓰지않

앉는가? 또한 벼슬도 상당하였고……

허준 1   그러니 육신의 영예가 높아질수록 자네가 괴로웠던 것이지.

허준 2   그래도 내가 참을 수 있었던 건, 자네가 우리 민족을 생각하고 어려운 백성들을 염려하여 우리에게 맞는 의술을 완성하려했던 용기 때문이야.

허준 1   그건 자네가 나의 가슴 깊은 곳에서 그렇게 하도록 지시했기 때문이지. 만약에 자네가 없었다면 그건 불가능한 일이었을 거야. 선왕께서도 동의보감이 완성되었다는 소식을 들으시면 지하에서 기뻐하실 게야.

허준 2   임진년, 정유년에 겪은 고초를 생각하면 인간에게 건강이란 얼마나 중요한 지 새삼 말하지 않아도 될 것이야. 이제 우리의 후손들은 이 책을 기본으로 삼아 질병에서 벗어날 수 있을 게야.

허준 1   내가 일생을 한 길로 걸어온 것은 아침 햇살에 담긴 사랑은 반짝이는 풀잎들 때문이었네. 풀잎에 담긴 햇살의 사랑, 그것 때문이었지. 그게 아마 이 세상에서 가장 순수한 사랑일거야.

환희의 노래.
무대 중앙으로 『동의보감』이 내려온다.
제막에서와 같이 책이 무대 가운데에 달린다.
책이 내려오면서 다음과 같은 소리가 들린다. (창으로 해도 좋다.)

　　天地의 精氣는 萬物의 形으로 化하니 父의 精氣는 魂이 되고 母의 精氣는 魄이 된다. 孕胎한 첫달에는 胎를 품으니 酪과 같고, 二月에는 果를 이루니 오얏과 비슷하고, 三月에는 形象이 있고, 四月에는 男女

가 分하고, 五月에는 筋骨이 이루어지고, 六月에는 머리털이 나고, 七
月에는 魂이 놀고 右手를 움직이고, 八月에는 魄이 놀고 左手를 움직
이며, 九月에는 세 번 몸을 굴리고, 열달이 다 차면 母子가 나뉘어 解
産한다. 열달이 넘어서 낳는 아이는 富貴하고 壽하며, 열달이 모자라
서 낳는 아이는 貧賤하고 夭死한다.

허준 1   그렇지. 모든 것은 생성 소멸을 거듭하는데,
          그리고 인간은 그것을 잘 아는데도,
          모이면 늘 헐뜯는 소리들만 하지.

허준 2   열 달이 넘어서 태어난 사람들도 권력을 손에 쥐면
          열 달을 못 채우고 태어난 사람과 같아진단 말이야.

허준 1   그러니 선왕께서는 평생을 다툼과 전란 속에서
          사시다 승하하셨지 않은가?

허준 2   전란과 다툼, 그것은 참으로 슬픈 일이야.

허준 1   경상도 자인에 가면 여원무라는 놀이가 있어.
          한장군이라는 사람이 그곳의 백성들을 동원하여 왜구
          들을 막았던 일을 기념하여 놀이로 만든 것이지.

여원무가 짤막하게 요점적으로 펼쳐진다.

허준 2   지금은 저런 사람이 없어.

명옥이 등장.
중얼거리는 허준 1을 쳐다본다.

명옥이   나으리,
          지금 누구하고 무슨 말씀을 하고 계신 겁니까?

| 허준 1 | 으응. 내가 아주 잘 아는 사람이야! |
| 명옥이 | 그게 누군데요? |

| 허준 1 | 그대는 잘 몰라. |

| 허준 2 | 사람이 죽으면 어차피 혼백이 갈라지게 되는 법.
나는 이제 가보려네.
(천천히 무대 밖으로 나간다. 현악기의 슬픈 곡.) |

| 허준 1 | 그래, 이제 가야지.
나도 이제 몸을 편히 뉘어야 할 것같네.
(몸을 서서히 누이며) 명옥이! |

| 명옥이 | 네에. |

| 허준 1 | 그 동안 고생 많았네.
무슨 영광을 보자고 나를 따라다녔나? (사이) 동의보감
이 우리 민족의 주체성과 약재의 중요성을 생각하고
쓰여진 책임을 자네는 잊지 말게. |

| 명옥이 | 그건 알만한 사람들은 다 아는 사실이옵니다. |

| 허준 1 | 인간은 작은 우주야.
우주의 질서를 지키면 승할 것이고,
거스르면 패할 것이야. |

| 명옥이 | (가만히 있다.) |

| 허준 1 | 나는 이제 우주의 질서를 따라 흙으로 돌아가네. |

| 명옥이 | 나으리께서는 저에게 언제나 햇살이었습니다.
저는 풀잎이었구요. |

허준 I, 숨을 거둔다.
속으로 우는 명옥이.
오구굿을 바탕으로 한 유장한 곡이 연주되다가
쾌활한 곡으로 바뀌면서
사람들 등장

합창을 한다.
우리의 의성(醫聖) 세상을 떠났네
세상을 떠났다지만 우주로 돌아간 것
세상이 어지러워도 흔들리지 않고
자신의 뜻을 세워 실천한 어의
그가 지은 동의보감 애국의 상징
본분을 지키려는 그의 노력은
후세에 길이 전할 보배로운 가치
보국숭록대부여 보국숭록대부여
그의 정신 영원토록 책 속에 있으리.

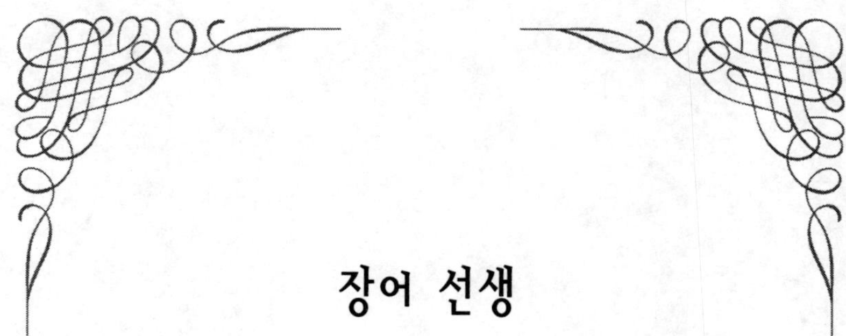

장어 선생

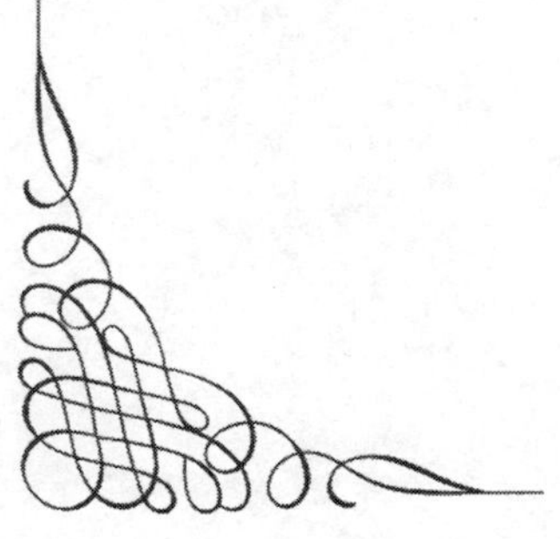

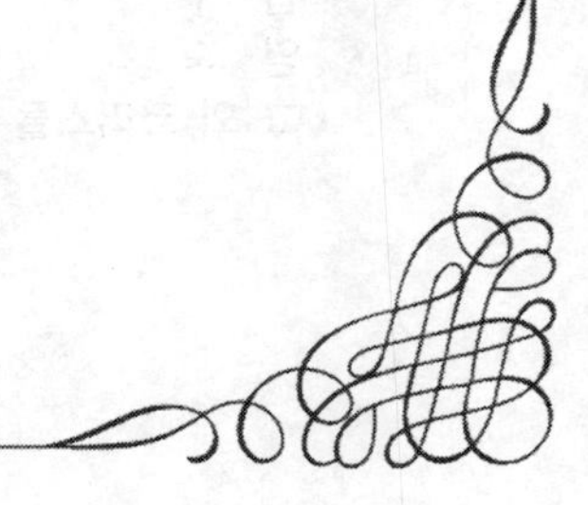

❖ **등장인물** Persons Represented

갑 수   화 순
영 숙   영 길
그 외 코러스들

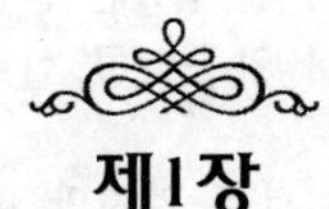

제1장

송년회장

❧ **시대**　　현 대
❧ **등장인물**

　　　　갑　수　40대, 중소기업의 사장
　　　　영　숙　그의 아내, 40대
　　　　화　순　그의 초등학교 여자 동기생
　　　　영　길　40대, 보험 설계사
　　　　그 외에 몇 명의 코러스들

갑수의 회사원들이 모여서 한 해를 보내는 송년회장.
조촐하게 차린 음식상이 있다.

모두 함께 노래한다.
　　　　이 밤은 우리에게 즐거움을 주는 밤
　　　　맛있는 음식과 정겨운 대화는 우리의 일상
　　　　하루하루 힘들어도 마무리가 좋으면 모든 것이 좋은 법

해가 뜨면 일이 있어 행복을 찾아가고
해가 지면 저녁이 있어 마음을 살찌우네
우리네 인생살이 돌아보면 손바닥 뒤집기
모두가 어울려서 알콩달콩 살아보세

영 숙　　여러분들! 차린 것은 없지만 마음껏 드십시오.

코러스　　마음껏 드시라네!

영 숙　　지난 한 해 동안 여러 모로 고생 많으셨습니다.

코러스　　고생이 많았다네!

영 숙　　우리 남편이 고지식하지만 사업에 대한 열정은 대단합니다.

코러스　　정말일까?

영 숙　　그렇고말고요! 우리 남편이 아는 것은 회사와 집뿐입니다.

코러스　　정말일까?

영 숙　　그렇고말고요!
　　　　우리 남편이 생각하는 것은 여러분들의 행복뿐입니다.

코러스　　정말일까?

영 숙　　그렇고말고요!
　　　　우리 남편의 눈에는 여러분들의 웃음만 남습니다.

코러스　　정말일까?

영 숙　　정말일까 정말일까
　　　　내가 진실을 말해도 당신들은 오로지 그 한 마디뿐이네
　　　　정말일까 정말일까

내가 그 말 듣고 화를 내면 어쩔려나
정말일까 정말일까

코러스   세상에 못 믿을 건 인간의 일이라네
세 치의 혓바닥이 서로를 할퀴고
세 사람이 모이면 가짜 호랑이도 만드는 법
세월이 흘러가도 이것만은 진리일세

갑수는 계속하여 장어만 먹어댄다.

영 숙   (남편을 이끈다.) 여보 여보 이리와요.
당신은 나에게 거짓말 한 것 없지요?

갑 수   아니, 그 무슨 한밤중에 홍두깨야?

영 숙   (코러스를 가리키며) 이 사람들이 나에게 못 믿을 건
사람의 일이라고 하지 않아요?

갑 수   그게 나와 무슨 상관이야?

영 숙   그렇지요? 당신은 내게 숨기는 것 없지요?

갑 수   숨길래야 숨길 게 있나 내 무엇을 당신에게 숨기리오
내 이름 통장이 있으나 내 손을 떠난 지 이미 오래 전
내 자식이 있으나 대화가 끊어진 지 이미 오래 전
마누라가 있으나 재미를 느낀 지 오래 전
소 닭 보듯 닭 소 보듯 멀뚱멀뚱 한 지 오래 전
나에게 남은 것은 접시 위의 장어뿐
장어라도 먹어 둬야 회사 위해 일을 하지

영 숙   참으로 당신은 장어를 좋아해요.

갑 수   내 어릴 적 기억으로 장어는 최고 음식

영 숙   건강에 좋다하니 많이 먹어 두시구려

갑 수   장어를 먹는다고 고목나무에 꽃이 피리

영 숙   이제 난 그런 걸 바라지도 않아요.

코러스   진정으로 그럴까, 세 치 혀로 또 거짓말.
          인간의 욕망이란 죽음의 동반자.
          죽어서야 사라지는 게 인간의 욕망인 걸

갑수 · 영숙

          우리 부부 오늘까지 존경하며 살아왔네
          우리 부부 오늘까지 사랑하며 살아왔네
          욕망이 있다한들 무슨 욕망 있으리오
          집안이 평안하고 회사가 온전하니
          웃음으로 아침 먹고 사랑으로 저녁 짓네
          우리의 희망 사항 한날한시 무덤으로 둘이 함께 가는 것

코러스   우리의 사장님은 진정으로 벽창호
          적당하게 불어대는 바람의 맛을 몰라
          갈대를 흔드는 바람의 맛을 몰라
          우리의 사장님은 진정으로 벽창호

갑수, 영숙에게 다가가서 살포시 껴안는다.

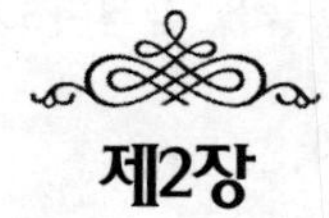

제2장

장어 선생의 집

거실과 서재가 동시에 보이도록 배치된 무대
갑수와 영숙이 앉아서 대화를 나누고 있다.

갑　수　(텔레비전을 켠다.) 요즈음 텔레비전에서는 뭐가 나오나?

영　숙　아침이나 저녁이나 모두 드라마로 찜쪄 먹어요.

갑　수　텔레비전 드라마가 그렇게나 많아?

영　숙　언제나 등장하는 이혼녀 이야기
　　　　언제나 등장하는 근친상간 이야기
　　　　언제나 등장하는 불륜 이야기
　　　　언제나 등장하는 파혼 이야기
　　　　방송사는 몇 개 되지만 드라마 이야기는
　　　　한 가지뿐인 것 같아요.

동기생들 만나서 드라마를 모르면 왕따가 된다우

갑　수　　초등학교 동기생들이 카페를 만들었다네.

영　숙　　당신은 그 동기생들을 끔찍이도 좋아하잖우?

갑　수　　한 때는 그랬었지.

영　숙　　지금은 안 그래요?

갑　수　　바쁘니까 생각할 틈이 없어.

영　숙　　바쁜 게 좋은 것이에요.
　　　　　컴퓨터만 붙잡고 있어도 꼴불견이에요.

갑　수　　(컴퓨터로 가면서)
　　　　　그래도 그리운 건 초등학교 동기들
　　　　　이제는 나이 들어 중년이 되었겠지
　　　　　세월 앞에 장사 없고 세월 앞에 미움 없네
　　　　　아웅다웅 지난 시간 돌아보면 아쉽다네
　　　　　그때는 정말이지 왜 그렇게 옹졸했나
　　　　　어릴 적 코흘리개 그때로 돌아가면
　　　　　모두를 사랑하며 정겹게 지낼 것을

갑수, 컴퓨터 자판을 두드린다.
영숙, 텔레비전 드라마를 열심히 본다.

소리만 들린다.

화순　　　으응! 갑수니? 오랜만이다.

갑　수　　(자판을 두드린다.)

화 순   그래 지금 무슨 일을 하고 있어?

갑 수   (자판을 두드린다.)

화 순   그래? 부자가 됐겠구나?

갑 수   (자판을 두드린다.)

화 순   한 번 보고 싶다, 애!

갑 수   (자판을 두드린다.)

화 순   너를 아느냐고?

갑 수   (자판을 두드린다.)

화 순   내가 너를 모를까봐?

갑 수   (자판을 두드린다.)

화 순   너를 모르는 계집애들이 있을까봐!

갑 수   (자판을 두드린다.)

화 순   너, 공부도 잘 하고, 노래도 잘 했잖아?

갑 수   (자판을 두드린다.)

화 순   (노래하면서 무대 한쪽 구석에 나타난다.
         갑수와 영숙은 못 보는 것으로 한다.)
         인생은 바람처럼 왔다가 가는 것
         바람에 몰리는 낙엽 같은 인간사
         낙엽이 굴러 가듯 사랑이 굴러가네
         쫓아가서 잡아올 사랑이 있다면 얼마나 다행일까

인간사가 사막이면 사랑은 오아시스
나에게도 오아시스가 있다면 수선화가 되어 보리
나를 수선화로 불러 줄 그대에게 오아시스가 되어 주리

갑　수　(자판을 두드린다.)

화　순　알았어. 약속 잊지 않을게.(사라진다.)

영　숙　(텔레비전을 끄며) 뭘 그렇게 열심히 두드렸수?

갑　수　동기생 카페!

영　숙　잘 놀았수?

갑　수　별 것 없어. 벌써 텔레비전 나갈 시간이 됐나?

영　숙　이제 자는 일만 남았다우!

갑　수　행복한 꿈을 꿉시다.

영　숙　사람들이 당신보고 뭐라고 부르는지 아세요.

갑　수　(밝고 가벼운 풍으로)
사람들이 나를 보고 무어라고 부를까
어릴 때는 똑똑이라 불렸었지
아버지는 말씀하셨네
장어가 제일이다
장어가 제일이다
가난한 우리 살림 건강 위해 먹인 장어
나는 지금 장어가 가장 맛난 요리일세
남들은 나를 보고 이렇게 부르지
안녕하세요, 장어 선생님
요즈음도 힘이 참 좋으시지요

영 숙   (교태를 부리면서) 당신 오늘도 장어를 많이 드셨으니
         힘 한 번 써보시려우?

갑 수   (엄숙한 목소리로) 그래볼까나?

둘이는 다정하게 포옹하고 잠자리로 들어간다.

제3장

화순의 집

화 순   요새 텔레비전 드라마가 얼마나 재미있는지 몰라!

갑 수   늘상 그렇고 그런 얘기라면서?

화 순   아니야, 텔레비전마다 달라!

갑 수   하나는 불륜이고 하나는 이혼녀고?

화 순   그렇지! 그게 얼마나 차이가 있는데…….

갑 수   그럴까?

화 순   그럼 다르고 말고.
         남이 하면 불륜이어도 내가 하면 로맨스이거든!

갑 수   그럼 우리도 로맨스인가?

화 순   그걸 말씀이라고 하시나요?

갑 수   우리는 로맨스라기보다
         초등학교 동기회라고 하는 게 나을 것 같은데…….

화 순   그것 참 기가 막힌 표현이네. 역시 똑똑이는 다르다니까!

갑 수   아니, 장어 선생이라고 불러, 장어 선생!

화 순   그래서 힘이 좋다고 하려고?

갑 수   그렇지 않아?

화 순   우리가 만난 지 40년이 넘었네
         처음 만난 그때는 철부지 초등학생
         나이 들어 철이 나도 그대를 생각했네
         지금쯤 어디서 무얼 할까 앨범보고 생각했네
         결혼하자 해봤지만 별 남자가 없었다네
         초등학교 동기회에 궁금해서 나가봤네
         누가 누가 나왔을까 누가 누가 나왔을까
         그대는 거기에서 잔잔히 웃었다네
         컴퓨터로 컴퓨터로 나의 희망 이루었네
         채팅으로 연결되어 오늘에 이르르니
         컴퓨터는 중매쟁이 컴퓨터는 나의 보물

갑 수   그래 맞았어! 채팅이 우리를 만나게 한거야!

화 순   그러니까 문명의 이기는 적당히 이용하면서 살아야
        인생이 기름질 수 있는 거지.

갑 수   사람들이 말했다네
        사십대에 애인이 있으면 나만의 비밀
        오십대에 애인이 있으면 가문의 영광
        육십대에 애인이 있으면 신의 은총
        칠십대에 애인이 있으면 천국의 계단
        팔십대에 애인이 있으면 부활이라고
        우리는 이제 나만의 비밀에서 가문의 영광을 얻으리

화 순   그것이 바로 로맨스라는 거야!

갑 수   맞았어! 사랑이란 참으로 묘한 거야!

화 순   사랑의 묘약이라는 예술적 작품도 있지 않수?

갑 수   당신은 모든 것을 직업으로 연결하네.

화 순   결혼 중매사! 이 얼마나 훌륭한 직업이오.

영숙이 무대 뒤쪽에서 등장
두 사람은 알지 못한다
더욱 다정하게 속삭이는 두 남녀.

영 숙   결혼 중매사가 뿌리는 사랑의 묘약
        그것은 참으로 황홀한 것이지
        사랑으로 눈이 멀고 사랑으로 죽어 가도
        진정한 사랑만 있다면야 무엇을 주저하리
        남편이 사랑인 줄, 남편이 전부인 줄 그렇게 알았건만
        남편은 애인 찾아 밤마다 헤맨다네
        남편을 사랑하는 그대여 그대는 지금 불륜에 빠졌다오

내 남편을 돌려 보내주오
내 남편을 돌려 보내주오
오오 가련한 내 남편 장어 선생이여

갑수와 화순은 계속하여 속삭인다.
영숙이 그들을 바라보다 퇴장
초인종 소리

화　순　이 밤에 누굴까?

갑　수　당신을 애모하는 남성이겠지?

화　순　날 놀리지 말아요! 며칠 후에 이사 가요!

갑　수　어디로? 먼 곳으로?

화　순　아니! 아주 가까이로!

초인종 소리
문이 열리면
영길이 등장
분위기가 이상해진다.

화　순　(영길이에게) 내 이제 그대에게 오지 말라고 일렀거늘
　　　　어찌하여 이렇게 불쑥 찾아오는 거요?

영　길　왜 내가 못 올 데를 왔나이까?

화　순　이제는 그대를 만날 일이 없어졌네. 보험은 그만 들겠네.

영　길　얼마 전엔 당신이 나를 찾아 다녔는데
　　　　한 동안 소식이 없길래 느닷없이 와봤더니

한 눈에 그 사정을 알고도 남겠소이다
당신은 바람둥이 당신은 바람둥이
나 하고 사랑하자 애걸복걸할 적에는
측은지심 발동하여 사랑하자 결정하고
여기에 왔더니만 유리 구두 갈아 신고
멀리 멀리 가고 있네

화 순   그대와 나는 바라보기만 한 존재, 사랑이란 당치 않네
연하의 그대를 내 어찌 사랑할 수 있으리

영 길   그대와 나는 사랑으로 맺을 존재, 사랑이란 우리 의무
연상의 그대를 내 어찌 사랑하지 않으리

갑 수   (나가려 한다)

영 길   그대는 장어 선생, 똑똑한 장어 선생, 힘 좋은 장어 선생
그대가 불륜으로 뜨거운 밤에
그대의 아내는 불면으로 뒤척이네

화 순   내 사랑을 모욕하지 마시오.

영 길   당신은 사랑이라 하겠지만, 내 보기엔 사약이오
잘못 마시면 그대들은 한꺼번에 지옥으로 떨어지리

갑 수   나를 협박하는 거요?

영 길   모든 것은 자신이 판단하기에 달린 법

화순, 갑수
사랑의 길목에는 암초도 많은 법
암초를 넘어서면 광활한 대지
거기엔 영롱한 사랑이 별처럼 빛나누나
어두운 밤하늘에 별빛이 있기에

힘들고 괴로워도 웃으며 걸어가네
사랑 찾아 헤맨 시간 이제는 아깝잖네

영 길   그대들의 만남이 오래되면 될수록 고통도 커지리라.
그대들의 고통이 커지면 나의 고통도 커질 것이오. 화순씨!
내 진정을 거절하지 마시오. 내 진정을 거절하지 마시오.

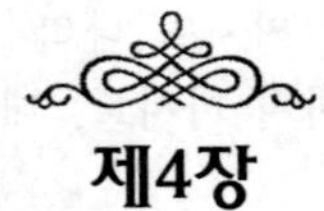

제4장

동네 길목

영숙과 화순이 골목에서 만나 대화를 나눈다.
시장에 다녀오는 길이다.

영 숙   이사 온 지 얼마 안 됐죠?

화 순   이제 한달쯤 됐어요.

영 숙   남편께서 장어를 좋아하시나 봐요?

화 순   뭐, 꼭 남편이라기보다……. 그런데…….
          (영숙의 시장 바구니를 들여다 본다.)

영 숙   우리 남편은 장어를 아주 좋아해요.
          장어 선생이라고 할 정도예요!

화 순   (찔끔한다.) 그렇군요. 그런데 채팅 좋아하세요?

영　숙　저는 컴맹이라서 아무 것도 몰라요.
　　　　　남편은 늦게 들어오는 날 아니면 컴퓨터를 하지요. 재미있
　　　　　다나 봐요. 전혀 알지 못하는 여자들하고도 얘기를 한다나요!

화　순　요새는 화상 채팅도 있어서 제법 재미가 있어요.
　　　　　한 번 해 보세요!

영　숙　채팅하다 바람피우는 경우도 많다면서요?

화　순　바람이라는 게 별 거 아니잖아요?
　　　　　결국은 지나가는 것이니….

영길이 흔들거리며 등장
화순을 쳐다보며

영　길　어디로 이사를 갔나 했더니 이 동네로 오셨구먼.

화　순　(약간 당황)

영　길　애인의 집 가까이로 왔어. 기가 막힌 일이야.

영　숙　(무슨 말인지 궁금하다.)

영　길　그대의 마음 속에 자리 잡은 엄청난 생각
　　　　　어릴 적 좋아한 남자를 지배하려는 생각
　　　　　그 남자는 가정이 있어도 뿌리치지 못하네
　　　　　그대를 사랑한다 생각하지만
　　　　　건널 수 없는 강을 건너려 하지 마오
　　　　　이 여자는 장어 선생의 아내올시다.

화순, 영숙
　　　　　(서로 손짓을 하며) 아니, 그럼….

영 길   그대가 갖고자 하는 것은 어릴 때의 꿈

화 순   꿈이 없는 그대는 나를 괴롭히기만 하는군.

영 길   못 먹는 감 찔러 봐도 나에게는 괜찮은 법

영 숙   당신은 잔인한 성품의 사람이구려.

화 순   나를 향한 당신 사랑 모르지는 않지만
         그런다고 사랑이 유턴하여 다시 오리
         내가 당신에게 하고 싶은 말
         당신은 잔인한 성품의 사람이구려

영 길   어차피 당신들은 내 편이 아니면 적군이니까!

영 숙   그것은 나를 위해 하는 말이 아니군요.

영 길   알다가도 모를 것은 여자의 마음
         아내와 애인을 구별 못 하네
         그래서 세상은 요지경인가 보다
         개밥에 도토리가 바로 나로세
         연상의 여인이 구름처럼 가버렸네

영숙, 화순
         (서로 쳐다보다가 손을 잡고)
         세상살이 중요한 건 서로를 위하는 맘
         사랑이 바람 같다 하지만 아름다운 일
         누구를 사랑할까 하는 선택은 오로지 혼자서 해야하는 것
         적군이오 아군이오 편가름하면
         우리에겐 언제나 절망이 있을 뿐
         그대는 다시 한 번 자신을 돌아보오

영길이 사라진다.

무대 위에 남은 영숙과 화순, 싸울 듯이 험악한 관계
조금 뒤에 진정하고
한참 동안 무슨 말을 주고받는다.
고개를 끄덕이며 이야기하다가 헤어지는 영숙과 화순.

제5장

영숙과 화순의 집

영숙과 화순의 집이 마주 보이게 만든 무대
갑수가 고개를 갸우뚱거리며 골목을 돌아든다.
술에 약간 취해 있다.

갑 수   알다가도 모를 것은 여자의 마음,
         채팅도 안 되고 전화도 안 돼, 며칠을 기다려도 소용이 없네.
         어디를 갔는지 집에도 없어. 내 오늘은 이 여자를 꼬옥 만나리.

갑수, 화순의 집에 들어선다.
초인종 소리
문을 열고 나오는 건 영숙이다.

갑 수   아니! 당신이 왜 여기에?

영　숙　왜 그러시우. 여기가 우리집인데….

갑　수　여기가 우리집?

영　숙　그럼요!

갑　수　아아 그렇군! (돌아선다) 잠깐만!

영　숙　왜 그러세요?

갑　수　어디를 좀 갔다 오려고!

영　숙　술좀 깨거들랑 가세요!

갑　수　아냐, 지금 얼른 갔다올게.

영　숙　그러시구려!

갑　수　알다가 모를 것은 여자의 마음
　　　　아내가 이상하게 친절해졌네.
　　　　화순인 어딜 가고 아내만 남았을까
　　　　나만의 비밀을 간직하며 살려다가
　　　　멍든 가슴 부여안고 눈물만 흘릴 건가
　　　　여자는 갈대인데 흔들리질 않는구나

갑수, 자신의 집으로 간다.
초인종 소리.
영숙이 나온다.

영　숙　아니, 여보 웬 술을 그렇게 마셨수?

갑　수　(놀랐지만 태연하게) 사업상 교제상 체면상.
　　　　(속으로) 아니 이 여자가 왜 또 여기에 있지?

영　숙　　얼른 들어갑시다.

갑　수　　아니, 아니. 내 잠깐 다녀올 데가 있어.

영　숙　　그러시구려.

갑수, 돌아서서 화순의 집으로 간다.

갑　수　　알다가 모를 것은 여자의 마음
　　　　　아내가 이상하게 친절해졌네.
　　　　　화순인 어딜 가고 아내만 남았을까
　　　　　나만의 비밀을 간직하며 살려다가
　　　　　멍든 가슴 부여안고 눈물만 흘릴 건가
　　　　　여자는 갈대인데 흔들리질 않는구나

**갑수, 초인종을 누른다.
영숙이 나온다.**

갑　수　　아니! 당신이 왜 여기에?

영　숙　　왜 그러시우. 여기가 우리집인데….

갑　수　　여기가 우리집? (속으로) 아니 이게 도대체 어찌 된 거야?

영　숙　　그럼요!

갑　수　　아아 그렇군! (돌아선다) 잠깐만!

영　숙　　왜 그러세요?

갑　수　　어디를 좀 갔다 오려고!

영　숙　　술좀 깨거들랑 가세요!

갑 수   아냐, 지금 얼른 갔다올게.

영 숙   그러시구려!

이러한 짓을 몇 번 반복한다.
마침내 골목에서 지쳐 쓰러지는 갑수
잠이 든다.
영숙과 화순 등장
갑수에게 담요를 덮어 준다.

영숙, 화순
            우리는 함께 사는 인생의 동지
            사랑하는 사람들에겐 법이 없는 것
            눈에 깍지 낀다해도 사랑은 당당한 것
            그렇지만 사랑으로 비극을 맞게 되면
            가슴 속에 쌓인 원한 오뉴월에 서릿발
            함께 사는 동지라면 지혜를 모아
            서로를 격려하며 위기를 이겨야지

잠시 암전되었다가 무대 밝아진다.
갑수, 자신의 집에 들어선다.
초인종 소리
문을 열고 나오는 건 화순이다.

갑 수   아니! 당신이 왜 여기에? 언제 나타난 거야?

화 순   왜 그러시우. 여기가 우리집인데….

갑 수   여기가 당신 집?

화 순   그럼요!

갑　수　　아아 그렇군! (돌아선다) 잠깐만!

화　순　　왜 그러세요?

갑　수　　어디를 좀 갔다 오려고!

화　순　　술좀 깨거들랑 가세요!

갑　수　　아냐, 지금 얼른 갔다올게.

화　순　　그러시구려!

갑　수　　알다가 모를 것은 여자의 마음
　　　　　화순이가 어디서 나타났을까
　　　　　아내가 지키던 집 화순이가 들어 있네
　　　　　나만의 비밀을 간직하며 살려다가
　　　　　멍든 가슴 부여안고 눈물만 흘릴 건가
　　　　　여자는 갈대인데 흔들리질 않는구나

갑수, 화순의 집으로 간다.
초인종 소리.
화순이 나온다.

화　순　　장어 선생님! 웬 술을 그렇게 마셨수?

갑　수　　(놀랐지만 태연한 척)사업상 교제상 체면상.
　　　　　(속으로) 아니 이 여자가 왜 또 여기에 있지?

화　순　　얼른 들어갑시다.

갑　수　　아니, 아니. 내 잠깐 다녀올 데가 있어.

화　순　　그러시구려.

갑수, 돌아서서 자신의 집으로 간다.

갑 수   알다가 모를 것은 여자의 마음
          화순이가 어디서 나타났을까
          아내가 지키던 집 화순이가 들어 있네
          나만의 비밀을 간직하며 살려다가
          멍든 가슴 부여안고 눈물만 흘릴 건가
          여자는 갈대인데 흔들리질 않는구나

갑수, 초인종을 누른다.
화순이 나온다.

갑 수   아니! 당신이 왜 여기에? 언제 나타난 거야?

화 순   왜 그러시우. 여기가 우리집인데….

갑 수   여기가 당신 집? (속으로) 이거 참 기가 막힐 일이로군.

화 순   그럼요!

갑 수   아아 그렇군! (돌아선다) 잠깐만!

화 순   왜 그러세요?

갑 수   어디를 좀 갔다 오려고!

화 순   술좀 깨거들랑 가세요!

갑 수   아냐, 지금 얼른 갔다올게.

화 순   그러시구려!

갑 수   알다가 모를 것은 여자의 마음

화순이가 어디서 나타났을까
아내가 지키던 집 화순이가 들어 있네
나만의 비밀을 간직하며 살려다가
멍든 가슴 부여안고 눈물만 흘릴 건가
여자는 갈대인데 흔들리질 않는구나
아아, 어이하다 내가 이 지경이 되었는고
한 순간의 잘못된 판단이 나를 끝없이 괴롭히는구나
머리를 쥐어박고 통탄해도 이제는 쓸모없는 짓이로다.

이러한 짓을 몇 번 반복한다.
마침내 골목에서 지쳐 쓰러지는 갑수
잠이 든다.

영숙과 화순 등장
갑수에게 담요를 덮어 준다.

영숙, 화순
          우리는 함께 사는 인생의 동지
          사랑하는 사람들에겐 법이 없는 것
          눈에 깍지 낀다해도 사랑은 당당한 것
          그렇지만 사랑으로 비극을 맞게 되면
          가슴 속에 쌓인 원한 오뉴월에 서릿발
          함께 사는 동지라면 지혜를 모아
          서로를 격려하며 위기를 이겨야지

제6장

송년회장

또 한 해를 보내는 송년회장.
사람들이 즐거웠던 일들에 대해 얘기한다.

코러스　　사랑할 게 있다면 일년이란 참으로 짧은 시간
　　　　　마음이 삭막하면 일년이란 참으로 긴 시간
　　　　　장어 선생 힘이 좋아 일년이 짧았겠네

갑　수　　그런 말 하지 마소. 지옥에 갔다 왔네.

코러스　　그래서 또 한 쌍의 부부가 생겨났네.

화　순　　지난 일년 우리에겐 지겹고도 소중한 날,
　　　　　나만의 로맨스가 불륜이 될 적에는, 슬픔 슬픔 슬픔이오
　　　　　또 한 번 슬픔이네. 내 그걸 깨닫는데 반평생이 걸렸다네.

영　길　　우리가 울릴 웨딩 마치 신이 내린 선물이네

코러스   축하합니다, 축하합니다. 당신들의 결혼을 축하합니다.

갑 수   우리도 일년 동안 사랑을 시험했네,
         시험에 통과하니 더 큰 사랑 기다리네,
         공기로 숨을 쉬나 공기를 모르듯이,
         사랑 속에 살았으나 사랑인 줄 몰랐었네

영 숙   무지개는 먼 곳에 있지 않고 내 곁에 있었네.

코러스   축복합니다, 축복합니다. 당신들의 사랑을 축복합니다.

갑수, 영숙, 영길, 화순
         봄바람이 불어오면 겨울눈은 녹는 법
         따스한 햇볕으로 새싹이 돋아나고
         살랑대는 은물결이 새 사랑을 부추기네
         싹이 나고 꽃이 피면 열매를 맺기 마련
         줄기는 한가지나 꽃과 열매는 해마다 달라지네
         아아아 우리의 사랑도 그런 것이라
         튼실한 사랑이란 뿌리가 맺은 열매
         사랑 사랑 우리 사랑 모진 바람 이겨내고
         멋진 열매 맺었다네

태형(笞刑)

〈태형〉을 각색하면서

　〈태형〉은 김동인의 소설이다. 이 작품은 감옥에 갇혀 있는 죄수에 관한 이야기를 담고 있다. 좁은 실내에서 고통을 겪고 있는 사람들의 심리를 적절히 묘사한 작품이기도 하다.

　이 작품을 챔버 오페라로 공연하기 위하여 대본이 필요하다는 박희숙 단장의 청탁으로 각색하게 되었다. 소설이나 시를 공연 대본으로 각색하는 것은 완전한 창작 못지 않게 어려운 일이다. 무대 위에 서는 인물들을 고려해야 하고, 공연 시간을 고려해야 하고, 무대 장치를 고려해야 한다. 그래도 선뜻 각색을 하겠노라고 한 까닭은, 오페라를 대중화하기 위해서는 작은 규모의 오페라 공연이 자주 있어야 한다고 생각해 왔는데, 박단장이 이끄는 「디 오페라단」에서 표방하는 것이 챔버 오페라였기 때문이다.

　이 작품을 각색하면서 〈태형〉에다가 〈광화사〉의 모티프를 첨가하고, 어머니에 대한 아들의 심리를 소재로 삼았다. 소설에서 느끼는 지루함을 덜고, 주인공의 성격을 좀더 분명히 하기 위해서이다. 또한 주인공 역을 외면의 모습과 내면의 모습으로 나누어서 설정하였다. 인간이 갖는 내면적 갈등을 심화하기 위해서이다. 이렇게 하여 현대인의 표면적 모습과 내면적 모습의 불일치를 형상화하고, 고난에 부닥쳤을 때 이기적인 면을

강하게 보이는 인간들의 양태를 드러내보고자 하였다.

　오페라를 구경하는 것은 재미있는 일이다. 대본의 재미, 작곡자와 성악가들의 음악적 예술성, 무대 디자인, 연출의 솜씨 등이 한데 어우러진 것이 오페라이기 때문이다. 이 가운데에 어느 한 가지에만이라도 관심을 가지고 있으면 오페라는 볼만하지만, 그래도 음악이 최우선의 항목으로 꼽히는 것이 오페라이다.

　작곡가 이승선 교수와는 몇 년 전에 오페라 〈무영탑〉의 대본가와 작곡가로 만난 적이 있다. 훌륭한 작곡가를 만나 글자로 누워 있는 얘기들이 소리로 동작으로 살아나게 되어 더 없는 영광이다.

　「디 오페라단」에서 추진하는 챔버 오페라 운동이 좋은 결실을 맺기를 기원한다.

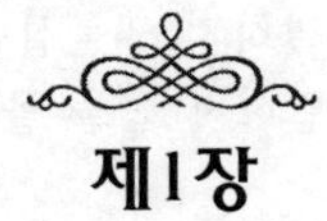

제1장

❦ 시대 현 대
❦ 장소 교도소 안
❦ 등장인물

> 죄수 1 55세 정도
> 죄수 2 죄수 1의 내면을 상징하는 인물
> 아 내
> 젊은 죄수 어릿광대 역을 함께 하는 젊은이

교도소 안
몇 명의 죄수들이 앉아 있다.
약간 비통한 듯하면서도 희망적인 메시지가 들어 있는 듯한 음악이 들린다.
밤에 산 속에서 물소리를 듣는 듯한 분위기.
죄수들이지만 슬픔으로만 가득 찬 표정들은 아니다.
죄수 1이 의자에 앉아 있다가 일어서면서 노래한다.

죄수 1   나는 자주 들었지 인생은 허망한 것이라고

인생은 일장춘몽 화무는 십일홍이라고

죄수 2 등장

죄수 2   모두가 그렇게 말하지 권불십년이라고
                모두가 그렇게 말하지 산을 올라 보라고

죄수 1   나는 알 수 있었네 조금씩 알게 되었네
                해 지는 저녁 무렵 소들이 우는 까닭을
                그것은 집으로 돌아가고 싶은 간절한 소망
                자기를 알아주는 주인을 만나고 싶은 간절한 소망

죄수 2   인간의 욕망은 인간을 풍요롭게 하는 듯하지만
                욕망의 노예가 되어 자기가 판 우물에 빠져서
                헤어나지 못하다가 헤어나지 못하다가
                다른 이의 손을 잡고 죽어가는 것

죄수 1   사람들은 내게 말했지 아주 큰 소리로
                당신은 화가 위대한 화가 멋있는 화가
                정신을 구원하는 위대한 화가
                그리고는 말했지 조용한 소리로
                그림 한 점만 주시지요 후사하겠습니다

젊은 죄수   당신 화가인 줄 이제 알았네
                그러고 보니 당신의 손이 무척 고왔네
                그런데 어찌하여 여기에 왔소
                그 손으로 세상에서 무슨 일 하였기에
                아무나 올 수 없는 큰 집에 왔소

죄수 1   내가 왜 여기 왔나 그건 나도 모르는 일
                다만 나는 그림 위해 평생을 바치려고
                산 속에서 조용히 그림만 그렸을 뿐

어찌하여 여기 왔나 알 수가 없네

죄수 2　　인간의 내면에는 많은 것이 들어 있지
　　　　　　사랑도 슬픔도 미움도 그리움도
　　　　　　모두가 거기 있네 모두가 거기 있네
　　　　　　그렇지만 스스로 아는 것은 지극히 적은 것
　　　　　　자네와 난 이신동체(二身同體) 한 몸이자 두 몸이네

죄수 1　　자네는 나에게 새로운 고통을 주려하는군
　　　　　　이제는 고통 속에 살고 싶지 않으이

죄수 2　　고통은 스스로가 만든 것 스스로가 만드는 것
　　　　　　내가 이렇게 존재함도 자네를 위함일세

젊은 죄수　　(그의 눈에는 죄수 2가 안 보인다.)
　　　　　　무슨 말을 그렇게 중얼거리나
　　　　　　비 맞은 중이 됐나 방향 잃은 어사똔가
　　　　　　알라딘의 램프도 깨져버린 세상에
　　　　　　무슨 말을 그렇게 중얼거리나

죄수 1　　나는 지금 누군가와 이야기했네.
　　　　　　나에 대한 모든 것을 잘 아는 이와
　　　　　　얼굴은 모르지만 뜻은 통했어
　　　　　　그게 아마 또 다른 나일 것이야

젊은 죄수　알 수 없는 말 알 수 없는 말
　　　　　　화가 아저씨 수수께끼 하나낼게 맞춰 보시오

죄수 1　　하기사 세상 일이 수수께끼니
　　　　　　재미삼아 한 문제 내보시구려

젊은 죄수　사형길에 오른 사형수 있었네
　　　　　　단두대에 오르다가 미끄러졌지

                    사형수가 무어라고 말을 했을까
                    사형수가 무어라고 말을 했을까

죄수 1   (죄수 2를 쳐다본다. 죄수 2, 고개를 흔든다. 말이 없다.)

젊은 죄수   (다른 죄수들을 쳐다보며)
                    사형수가 무어라고 말을 했을까
                    사형수가 무어라고 말을 했을까

젊은 죄수, 죄수 1의 주위를 빙빙 돈다.
죄수 1, 다시 죄수 2를 쳐다본다.
고개를 가로젓는 죄수 2.

젊은 죄수   (다른 죄수들에게 손짓을 하며)
                    그걸 맞추면 내가 그림 한 점 살 것이나
                    맞추지 못하면 그대는 여기에서 나가줘야 해
                    여기는 좁고 더우니 사람 수를 줄여야 해.
                    (사이를 두고) 사형수가 무어라고 말을 했을까

다른 죄수들
                    (합창하듯이)
                    아이구 죽을 뻔 했네
                    아이구 죽을 뻔 했네

젊은 죄수   잠시 후면 죽을 목숨이 내뱉는 말
                    아이구 죽을 뻔 했네

젊은 죄수, 죄수 1을 놀려댄다.
조금 후, 죄수 1과 죄수 2, 함께 노래한다.

죄수 1   (체념한 듯)
                    나는 알 수 있었네 조금씩 알게 되었네

해 지는 저녁 무렵 소들이 우는 까닭을
그것은 집으로 돌아가고 싶은 간절한 소망
자기를 알아주는 주인을 만나고 싶은 간절한 소망

죄수 2   인간의 욕망은 인간을 풍요롭게 하는 듯하지만
            욕망의 노예가 되어 자기가 판 우물에 빠져서
            헤어나지 못하다가 헤어나지 못하다가
            다른 이의 손을 잡고 죽어가는 것

(소리로만) 화가 죄수 면회요!
죄수 1, 면회실로 간다.
돌아서면 면회실이다.
죄수 1의 아내가 와 있다.

아내   바깥 세상이 넓다지만 알고 보면 좁은 곳
            이곳이 좁다지만 알고 보면 넓은 곳
            바깥 세상 사람들이 여기 다 모여 있네
            당신도 걱정말고 아름다운 꿈꾸소서

죄수 1   바깥 세상 좁다해도 나의 행동 자유롭고
            이곳이 넓다해도 나의 행동 부자유해
            당신의 위로 받고 그 힘으로 살아가네
            세상 인연 알 수 없어 부부간이 되었으나
            이제 내가 할 수 있는 단 한 마디 말이란
            (속삭이듯이)여보 미안하오, 미안하오

아내   당신은 훌륭한 화가였고 나의 배필이었소
            이제 와서 미안이란 당치 않은 말이라오
            황혼을 맞이하는 인생에서 오로지 중한 것은
            서로를 의지하며 힘이 되어 주는 것이라오
            이제 와서 미안이란 당치 않은 말이라오

죄수 1   당신 얼굴 보노라면 내가 여기 왜 왔는가
                내가 여기 왜 왔는가 생각이 아니 나네
                그대는 나의 사랑 그대는 나의 사랑

아내   늘그막에 사랑 고백 참으로 듣기 좋소
                하늘에 뜬 구름도 한 조각이 아니라
                짝을 이루었으니 사랑 고백 가능하오
                그대와 살아온 삶 후회는 없다오

죄수 2, 다가온다.

죄수 2   어리석다 여자여 불쌍하다 여자여
                그대는 이 자의 말 어찌하여 다 믿는가
                입을 떠난 사랑이란 담배 연기 같은 것
                남의 코로 들어가서 가슴을 찢어 놓고
                내뱉을 수 없으니 얼마나 해로운가
                여자들은 그걸 몰라 여자들은 그걸 몰라
                봄철의 버들처럼 이리저리 흔들흔들
                입을 떠난 사랑이란 담배 연기 같은 것

아내 · 죄수 1
                봄이 오면 버들가지 눈이 트고 겨울 오면 가지만 남는 법
                사랑도 그럴진대 우리 사랑 지금은 겨울을 맞이했네
                늘그막에 하는 고백 나의 가슴 울렁이고
                늘그막에 듣는 고백 나의 가슴 설레이네
                어허라 사랑에는 늙고 젊음 없음이라

젊은 죄수 저 사람들 아직도 콩깍지를 벗지 못하고 있군
                지금은 사랑 타령할 때가 아니란 말이오
                어찌하면 여기서 벗어나서 자유를 얻느냐
                그것이 문제라오

죄수 2   이제야 말하네만 저 사람의 과거는
          저 사람의 과거는……

죄수 2, 괴로운 듯 말을 제대로 하지 못하는 가운데에
암전.

제2장

♥ **시대**　　현　대
♥ **장소**　　화　실
♥ **등장인물**

　　　　화　가 30세 전후, 죄수의 젊은 시절
　　　　여자 모델 몸매가 비교적 좋은 여자
　　　　여자 모델의 친구
　　　　어머니 화가의 어린 시절의 어머니
　　　　죄수 2
　　　　그 외 다수의 젊은 여자들 모델이 주요 역할임

산 속에 있는 조그마한 화실
정물화가 그려진 캔버스가 여기저기 놓여 있다.
전체적인 분위기는 교도소와 비슷하다.

화가　　　이제는 정물 그리기가 싫어졌어
　　　　　멈추어 있는 물체엔 생명을 불어넣기 어려워

나에게는 그러한 능력이 없는 것인가

딩동, 울리는 벨 소리

화가   그런데도 사람들은 내게 말하지 아주 큰 소리로
     당신은 화가 위대한 화가 멋있는 화가
     정신을 구원하는 위대한 화가
     그리고는 말했지 조용한 소리로
     그림 한 점만 주시지요 후사하겠습니다

딩동 딩동, 울리는 벨소리
화가, 문을 열어 준다.
들어서는 여자 모델과 친구
보조 모델들이 여럿이면 좋다
모델은 노브라에 두 겹 정도의 옷을 입는 것이 좋다.

친구   고명하신 화가시여 이 몸들이 왔나이다
     (화가를 가리키며 모델을 향해)
     이쪽은 화가 고명하시지(화가 인사)
     (모델을 가리키며 화가를 향해)
     이쪽은 모델 관능적이지(모델 인사)
     이 세상의 창조물 중 가장 아름다운 것
     그것은 사람
     이 세상의 사람 중에 가장 아름다운 것
     그것은 모델
     아름다운 모델을 위대하게 하는 것
     그것은 화가

화가   황공무지로소이다 친구들이여
     살아있는 생명체를 화폭에 담아
     또 다른 생명체로 창조하겠소
     그것이 어머니를 그리는 일이리라

친구   이것이 나의 할 일 창조 돕는 일
            (모델을 쳐다보며) 너의 일도 좋은 일 창조 돕는 일
            화폭에 옮겨지는 너의 몸매는
            그려지면 너의 것이 아닐 것이니
            그려지는 순간에 절정이 되도록
            창조에 헌신하는 모델 되어라

친구 퇴장.
화가, 모델들에게 지시하여 자리에 앉히고 자세를 만들어준다.
화가, 캔버스로 가서 그리는 행동을 한다.
뭔가 맞지 않는 듯. 다른 모델에게 지시한다.
화가 다시 그리는 행동.
뭔가 맞지 않는다. 다른 모델에게 지시한다.
몇 번의 반복.
고민하는 화가.
마지막 모델. 마음에 든다.
자세를 지시한다.
모델에게 옷을 벗으라는 몸짓을 하는 화가.
모델 조금 망설이다가 한꺼풀을 벗는다.
한참 바라보다가 더 벗으라고 하는 화가.
그림자처럼 나타나는 화가의 어머니

어머니   그림이란 세상을 모방하는 것이 아닐지어다
            여자의 몸매란 신비한 것일진대
            곡선미가 그 중에 제일이니라
            인생이란 둥근 것과 모난 것의 만남이요 조화이러니
            모델과 화가도 그런 것이다

화가   어머니 머리 끊어 캔버스 사 주셨네
            어머니는 나의 영원한 우상
            어머니는 나에게 영원한 희망

슬픈 미소 나의 눈에 아련함이요
기쁜 웃음 나의 귀에 쟁쟁함이라
고운 살결 나의 붓에 담는 것이라

화가, 다시 모델을 바라본다.
고개를 갸우뚱.
옷을 벗으라는 손짓.
모델 당황하는 표정.

어머니   바라보는 대상에 욕망을 섞지 말라
           욕망 섞인 여체는 패망의 근원
           욕망 섞인 그림은 나락으로 가는 차표
           아들아 절제하면 모두가 평화로다

어머니 퇴장.

화가   인간에게 적당한 절제가 가능했다면
           역사의 바퀴가 이리로 구르지는 않았을 겁니다
           나에게 어머니란 욕망과 절제의 두 기둥
           그래도 창조란 욕망을 바탕으로 하는 것

화가, 모델에게 좀더 벗으라는 손짓
모델 어깨까지 벗는다.
그림을 그리려고 애를 쓰는 화가
모델을 바라보다가 욕망을 참지 못하며 모델에게 다가간다.
모델의 옷을 벗기는 화가
약간 반항하듯 하는 모델
모델의 누드가 드러난다

(소리로만) 어머니, 어머니.
소나기가 내리는 듯한 배경 음악

한 동안 지속된다.
핀 라이트로 죄수 2 등장.

죄수 2   나에게 그림이란 희망이자 어머니
         나에게 모델이란 어머니의 분신
         눈감은 어머님께 드릴 것은 차가운 입맞춤뿐
         나는 오늘 뜨거운 입술을 차갑게 만들었네

화가 · 친구 · 어머니
         봄이 오면 버들가지 눈이 트고 겨울 오면 가지만 남는 법
         사랑도 그럴진대 우리 사랑 지금은 겨울을 맞이했네
         사랑 사랑 우리 사랑 누구에게 바칠 건가
         하늘 나라 가거들랑 서로서로 위로하고
         기약 없는 봄이지만 새싹을 기다리세

고요한 음악이 울리며
암전.

제3장

죄수 1　　나에게 봄이란 오지도 않았다네
　　　　　　마음은 언제나 바람 부는 강 언덕
　　　　　　오고가는 돛단배에 내 마음 실어볼까
　　　　　　거기에 실었어도 바람은 불 것이네

아내　　　당신의 강 언덕에 나도 같이 서 있다오
　　　　　　지난번에 왔을 적엔 당신이 굳셌건만

오늘 보니 당신이 무척이나 약해졌네
그 원인이 무엇인지 나에게 말해주오

죄수 2　　나에게 봄이란 오지도 않았다네
마음은 언제나 바람 부는 강 언덕
마음 속의 찬바람은 뱃사공의 노래처럼
흘러가는 물결 속에 어여차 던져 두세

죄수 1　　마음 속의 찬바람을 어여차 던지려도
어디서 온 찬바람인지 알 수 없으니
안타까울 뿐 안타까울 뿐

아내　　　당신의 얼굴에는 당신의 얼굴에는
무언가에 쫓기는 당혹감이 들어 있네

죄수 1　　그렇지만 그게 무언지 나도 모른다오
진정 그게 무엇 때문인지 모르겠다오

죄수 2　　그럴 수밖에 그럴 수밖에
당신의 그림자가 그걸 알고 있을 거야
당신이 끌고 다니는 그림자는
과거에도 있었으니
그림자는 과거에도 있었으니

죄수 1　　과거라 했나 과거라 했나
나에게 그림을 그린 과거밖에 더 있는가
모두가 칭송한 그림밖에 더 있는가

죄수 2　　누군들 어두운 과거를 기억하고 싶겠나
인간은 슬프고 고통스런 과거를 숨기려 하지

죄수 1　　나에게는 그런 게 없다니까 그러네
나는 지금 화려했던 과거로 가고 싶어

화려했던 과거로
화려했던 과거로

아내　　　그건 당신 말이 옳아요 당신 말이 옳아요
　　　　　누구라도 당신 그림을 가지고 싶어하니
　　　　　당신은 위대한 미술가 위대한 창조자
　　　　　나에게도 믿음직한 가장이었다오

죄수 2　　꽃잎은 떨어져도 한창일 때 기억하고
　　　　　나뭇잎은 떨어져도 거름이 된다네
　　　　　그렇지만 인간은 과거를 먹고 사니
　　　　　그대가 피운 명성 속엔 쓰린 기억 숨었나니

죄수1 · 아내
　　　　　우리에게 고통을 주지 마오
　　　　　지금은 살아나갈 희망이 필요하네
　　　　　기억 없는 과거라면 현재 위해 버리리라
　　　　　우리에게 고통을 주지 마오
　　　　　슬픈 과거를 되돌이켜 주지 마오
　　　　　살아나갈 희망을 찾아주오

젊은 죄수 다가온다.

젊은 죄수　(두 사람을 놀리듯이)
　　　　　희망을 찾아가고 싶어 안달이 났네
　　　　　그러면은 점점 더 괴로울 뿐이라네

죄수 1　　다른 방법이 없지 않은가

젊은 죄수　재미있는 문제 풀이나 하면서 시간을 보내는 거지
　　　　　장길산처럼 빠삐용처럼 장발장처럼

죄수 2　　무슨 문젠가

젊은 죄수 8에서 6을 빼면 얼마가 되나?
간단한 뺄셈이니 답을 말해요

죄수 1 말 안 해도 아는 답 뻔하지 않나?

젊은 죄수 2라고 답하려니 쑥스러우셔?
그러면 이번에는 어려운 문제
6에다가 8 더하면 얼마가 되나?

죄수 1 그야 14지.

젊은 죄수 그러니까 애면글면 속이 상하지
14가 나오는 건 유치한 계산
이 답을 맞히면은 나갈 희망있도다

아내 그런 소리 헛소리로 위로할 것 없어요
고통스런 현실을 벗어나자는데
실없는 소리만 하네

젊은 죄수 세상을 살다보면 맞는 답이 틀리고
세상을 살다보면 틀린 답이 맞는 법

죄수 2 그건 어느 정도 맞는 말이지
어쩌다가 여기에 갇히게 됐누?
하기야 세상사는 정답이 없으니까

젊은 죄수 정답을 맞히면은 여기서 보내주지
우리가 청을 넣어 내주게 하지
머리가 비상하니 내보내 달라고
여기에서 희망이란 오로지 하나
여기를 벗어나는 것
그렇지만 마지막엔 두 가지 길이 있네
하나는 단두대로 하나는 문 밖으로

죄수 1   나의 머리로는 답이 뭔지 모르겠소
            알량한 숫자 놀음은 당신들끼리나 해보시오
            나는 지금 내가 왜 여기에 있는지 알지도 못한다오
            8에서 6을 빼든 8에다 6을 더하든
            나의 목숨과는 아무런 관련이 없다오

젊은 죄수   문제의 답을 알면 문제의 답을 알면
            당신이 왜 여기에 와 있는지
            알 수가 있다오.

아내   그렇다면 잘 생각해 보시구려
            그 답이 무얼까
            그 답이 무얼까

죄수 2 · 젊은 죄수
            우리가 알면서도 생각하지 못하는 것
            그것이 자신의 참모습일세
            때로는 잊어먹고 때로는 버리면서
            자기가 편한 대로 살아가는 우리 인생
            지난날을 기억하면 오늘이 행복할까
            지난날을 기억하면 오늘이 불행할까
            그러다가 슬그머니 변절도 해보는 것
            그러다가 전전긍긍 자기 변호하는 것
            그것이 인생일세 그것이 인생일세

죄수 1   그래도 나는 그 답을 모르겠네
            진정으로 그 답을 모르겠네

젊은 죄수   그 답은 2라오
            여덟시에 여섯시를 더하면 두시가 된다오
            시계를 가지고 있으면서 답은 알지 못하느뇨
            일상을 살면서도 무심코 넘어가네
            시간의 중요성을 그대는 왜 모르나

죄수 1 · 아내
　　　　　시간의 중요성은 나에게 있어요
　　　　　당신과 헤어져서 고독하게 보낸 시간
　　　　　참으로 억울하여 하소연을 한다오
　　　　　우리의 지난날은 구름처럼 보내고서
　　　　　새롭게 맞을 시간 알차게 보냅시다
　　　　　새롭게 맞을 시간 알차게 보냅시다

죄수 2　　　그대여 이 사람을 모르겠나?

여자 모델이 옛날과 같은 차림으로 무대 한쪽에 등장한다.
한참 바라보는 죄수 1.
무너지듯 주저앉는다.

죄수 1　　　(머리를 감싸 안으며)
　　　　　아아, 어머니 어머니!

죄수 2　　　그리고, 그리고는?

죄수 1　　　살인, 살인!

죄수 2　　　누가, 누가?

죄수 1　　　내가, 내가!
　　　　　내가 살인마였어!
　　　　　어머니를 살인한 살인마였어!

아내　　　　아니, 당신은 어머니를 죽이지 않았어요
　　　　　당신 어머니는 당신이 죽이기 전에 돌아가셨어요
　　　　　당신은 죄를 짓지 않았어요
　　　　　당신은 훌륭한 화가였어요

죄수 2　　　내가 지닌 악마성이 그림을 그렸고

         내가 지닌 악마성은 천재성이 되었고
         모델을 죽인 것은 근친상간이었다네
         그것도 악마성이 내 마음에 있기 때문

죄수 1을 빼고 다 함께
         내 마음의 악마성은 천재적 재능으로
         내 마음의 악마성은 파괴적 재능으로
         악마성을 키운 것은 어머니의 품안에서
         악마성을 확인함은 어머니를 죽임으로
         내가 죽인 모델은 어머니의 화신이네
         자연스런 악마성은 창조의 근원이라

죄수 1, 노래가 끝나기 전에 목을 매어 자살한다.

죄수 2 · 아내
         사랑은 사랑을 낳았고 죽음은 죽음을 낳았네
         우리의 사랑은 시간 속에 묻히었고
         우리의 죽음은 시간 속에 드러났네
         그 누가 말하리오 나의 사랑 귀중타고
         그 누가 말하리오 나의 죽음 억울타고
         우리 사랑 우리 죽음 시간 이불 덮이었네

젊은 죄수   이제 방이 조금은 넓어지려나.

귀족도

<아이다>를 번안하면서

〈아이다〉가 세계적으로 유명한 오페라임은 잘 아는 사실이다. 조국에 대한 사랑 혹은 국적에 관계없는 보편적인 사랑이라는 주제도 잘 알려진 사실이다. 특히 웅장한 무대와 뛰어난 음악은 이 작품이 오페라의 정수로 평가되는 데에 결정적인 역할을 하고 있다.

오페라는 음악과 연극이 결합된 종합예술이다. 그렇기 때문에 오페라 공연에는 반드시 관객이 있어야 한다. 상당한 액수의 자본을 들여서 만든 오페라 공연에 관객이 없다면 그 오페라 공연은 의미가 없는 일이 되고 만다. 그 작품이 아무리 좋은 볼거리를 가지고 있고, 예술의 진수를 보여주는 것이라고 하더라도 그렇다. 그리고 관객들이 오페라를 종합예술로 쉽게 이해하기 어렵다고 한다고 해도 마찬가지이다.

그리하여 오페라를 우리의 삶에 가깝게 다가오도록 하는 노력이 필요하다. 이른바 오페라의 대중화라고 할 것이다. 그렇다고 하여 오페라의 본질을 훼손하면서까지 대중화를 꾀할 수는 없다. 그럴 때에 떠오른 것이 잘 알려진 작품의 번안이다. 관객들은 이미 자신들이 알고 있는 사건을 무대화하는 데에서 오페라에 친숙함을 느낄 수 있다. 우리의 이야기를 무대화함으로써 공연장에 가도록 하는 유인책이 될 것이다. 〈라 트라비아타〉, 〈세빌랴의 이발사〉 혹은 모차르트의 오페라 등은 모두가 그것을 관람하던 시대의 사람들에게 잘 알려진 이야기들이다.

〈아이다〉에 우리 이야기를 도입하면 어떨까 하는 생각을 하였다. 〈아이다〉에는 이미 '낙랑공주와 호동왕자', '천관녀 설화', '도미 설화' 등등 우리가 익히 알고 있는 이야기들이 지니고 있는 보편적 사랑과 조국애에 관한 주제가 들어 있다. 백성으로서 조국에 대하여 가져야 하는 애국심, 인간으로서 가지는, 이루어질 수 없는 애틋한 사랑 등은 양의 동서나 때의 고금을 막론하고, 예술에서의 영원한 주제일 수 있다. 즉 오페라란 형식과 내용에서 내용을 우리 것으로 변용함으로써, 형식에서도 어느 정도의 변용을 추구하는 것이다. 그렇게 하여 오페라란 돈이 많이 드는 서양 예술 양식이며 특별한 관객들이나 보는 공연물이라는 의식을 씻어 버릴 수 있다는 것이다. 〈아이다〉의 번안은 관객이 오페라를 찾아오는 것에 맞추어서 오페라를 만드는 사람들이 관객들을 찾아가기 위한 노력이라고 하겠다.

아이다와 라다메스는 적국의 사람들이지만 사랑을 하고 마침내는 죽게된다. 설아와 김수겸도 마찬가지이다. 그렇지만 설아와 김수겸의 사랑과 죽음은 〈아이다〉의 그것에다가 추가적인 요소를 가지고 있다. 설아로 상징되는 고구려와 김수겸으로 상징되는 신라는 서로 전쟁하는 사이였으나, 곧 하나로 통일이 되었던 나라이다. 살아남을 수 있었던 설아가 김수겸과 함께 죽는다는 사건 설정은 사랑으로 인한 남북통일을 의미하는 것이다. 세계 유일의 분단 국가인 우리나라에서 2000년에 이루어져야 할 민족의 과업이 있다면 그것은 남북통일 혹은 민족화해일 것이다. 구체적인 일은 정부에서 하더라도 지고지순한 사랑을 통한 조국애를 강조하는 일은 예술작품을 통하여 더욱 효과적으로 이루어질 수 있으리라고 본다.

정보화 시대에 살아남는 최선의 방책 가운데에 하나는 우리 것을 계발하고, 그것을 외국 것과 적절히 조화를 이루어 나가는 것이다. 〈아이다〉의 번안은 그러한 시도 중에 하나라고 하겠다.

설 아	김수겸
덕만 공주	국 왕
고국천	국 사
전 령	승려들
무녀들	여시종들
기 타	

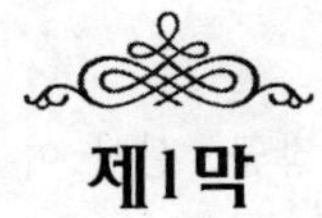

제1막

‖ 제 1 장 ‖

❖ **등장인물**

설 아	김수겸
덕만 공주	국 왕
고국천	국 사
전 령	승려들
무녀들	기 타

신라의 수도 서라벌의 궁안. 좌우에 거대한 기둥이 즐비해 있고 조각과 화분으로 장식되어 있다. 안에는 큰 문이 있고 멀리 궁전과 황룡사, 안압지 등이 보인다.

국 사   또 고구려 군대가 쳐들어온다 하오.
　　　　　이곳을 침략하려 공격하고 있소.
　　　　　이제 곧 전령이 올 것이오.

김수겸　　대왕님께 물어 보았소?

국　사　　대왕님께선 신라 군대의 장군을 정했오.

김수겸　　그 누구일까?

국　사　　젊고도 용감한 장군, 신이 이 뜻을 왕께 전하겠오.

김수겸　　내가 그 용사로써 나의 꿈이 실현되고
　　　　　　용감한 용사들을 내가 거느리고 싸워 이기면 신라 전체의
　　　　　　영광이네. 승리의 개선할 때 설아에게 말하리 너를 위해
　　　　　　싸웠네. 너를 위하여! 오 나의 설아. 어여쁜 그대 향기로
　　　　　　운 자태. 날 황홀케 해. 오 나의 태양, 나의 빛이여 나의
　　　　　　생명의 광명이여, 아름다운 네 고향 네 나라 네게 다시 돌
　　　　　　려주고파. 너의 머리에 화관 씌우고 옥좌에 앉히고 싶어.
　　　　　　태양과 같은 그대. 오! 나의 생명이여.

덕만 공주　(덕만 공주가 등장) 무슨 기쁜 일이 있었습니까?
　　　　　　당신의 눈동자가 흥분에 빛나고 있소. 어떤 여자를 생각하
　　　　　　고 있습니까? 그 여자 누구인지 당신의 마음에 든 자, 질
　　　　　　투가 나오.

김수겸　　큰 모험의 꿈으로 내 마음 뛰고 있소.
　　　　　　오늘 이번 싸움에서 우리 군대를 통솔 할 장군을 임명합니
　　　　　　다. 아! 내가 만일 그 장군이 된다면…

덕만 공주　또 다른 뜻이 없으신지,
　　　　　　또 다른 생각하고 있는 것 아니오?
　　　　　　어떤 여자를 생각하고 있지 않소?

김수겸　　무슨 말씀이오.(혹시 나의 생각을 알고 있지를 않나?)

덕만 공주　만일에 어떤 사람이 그대 마음속에 있다면.

김수겸	(내 마음의 비밀을 알고 있지나 않나?)

덕만 공주	어떤 여자 생각하고 있네.
	다른 여자를… 나에게 냉정한 것
	다른 여자 생각 때문에 내 마음 몰라주니 나 어찌하리,
	슬프도다. 슬픔이 저절로 생기네.

김수겸	내 비밀 누구도 모르리 내 사랑 비밀 네가 알 수 없다.

설아. (설아 등장)

덕만 공주	저이 눈은 사랑하고 있는 자의 눈!
	혹시 또 설아가 내 사랑의 적일는지?
	자 – 나의 곁에 오너라. 귀여운 나의 설아.
	나 너를 어찌 종으로 생각할 수 있겠나.
	울긴 어찌해 우느냐? 무슨 슬픈 일이라도 있었느냐?

설 아	아 아! 무서운 전쟁이 또 시작되고 있소.
	내 나라의 군사들이 이곳을 침략하니.

덕만 공주	그 뿐인가? 또 다른 일로 울지 않았나?
	저 봐! 저 떠는 꼴을!

김수겸	독기를 품은 저 눈(덕만 공주를 보며)

덕만 공주	망할 것 두고 보아라.

김수겸	의심을 하고 있네.

덕만 공주	너 나를 속일 수 없다!

김수겸	저 여자 앙심품고 우리를 방해하면.

덕만 공주   슬퍼하며 우는 것은 나를 속이려고 하는 것!

김수겸   우리의 사랑은 이루어질 수 없네.

설 아   아- 나의 조국이 어찌될 것인지 나 알 수 없네.

덕만 공주   시종의 몸으로 내 눈을 피해 사랑을 하다니

김수겸   의심의 빛 그 얼굴에 떠오르고 있네.

덕만 공주   요사스러운 것. 저 떨고 있는 꼴 감추고자
            저 떨고 있는 요사스러운 것. 눈물로 날 속이려네.

설 아   아직 우는 것은 그이 때문에
            이뤄질 수 없는 사랑 때문이오.

김수겸   저 여자 앙심품고 우리를 방해하면
            우리의 사랑은 이뤄질 수 없네.
            우리의 사랑은 이뤄질 수 없네.

덕만 공주   두고 보아라. 너의 비밀 내 알아내리라.
            눈물로 나를 속였네. 너의 비밀 알아내리라.
            노예의 몸으로 나를 속이려나!

설 아   이뤄질 수 없는 사랑 때문이오.
            나의 눈물은 이뤄질 수 없는 사랑,
            불행한 사랑 때문이라오.

김수겸   저 여자 앙심품고 우리를 방해한다면
            우리의 사랑은 이뤄질 수 없네.
            (국왕이 위병들을 거느리고 나타난다.
            그 뒤로 국사와 승려들, 군인들과 전령이 등장.)

국 왕   용사들을 오라함은 하늘이 명하는 바이다.

조금 전에 고구려 국경에서 전령이 와서 중대한 일 전했다.
직접 들어라. 전령을 오게 하라.

전 령　거룩한 이 신라의 땅을 저 고구려가 침략했소.
논과 밭은 황폐하게 되고 곡식은 타고 승리에 취한
그 놈들 벌써 이 곳을 향해 쳐들어오고 있소.

일 동　무엇이라고?

전 령　적군을 지휘하는 자 포악한 자의 이름이 고국천.

일 동　그 자가!

설 아　아버지! (독백)

전 령　낭비성 주민은 그들 침략자들과 용감히 싸웠으나
모두 다 함께 비참히 전사했오.

국 왕　빨리 마주 나가 원수를 쳐라.

국 사　어서!

일 동　어서! 적을! 쳐라! 침략자! 쳐 무찌르자!

국 왕　국왕인 나는 우리 군대의 장군 최고 통솔자를
임명하노라. 김수겸!

일 동　김수겸!

김수겸　아! 신께 감사를! 소원 이루었네.

설 아　저이가! 떨리네.

덕만 공주　김수겸, 저이가!

국　왕　　용사여 불전에 가 기도하고 무기를 들고
　　　　　　어서 싸움터로 가라(앉는다)

국　사　　부처님께 영광! 그의 보호로 우리는 이기리라.
　　　　　　부처님의 손안에 승부가 달려 있다.

국　왕　　나가자 우리 용사도 소백산을 넘어 가라.
　　　　　　침입자를 무찌를 것 모두 마음 속 깊이 지니어라!
　　　　　　(일어난다)

국　사　　부처님께 영광! 그의 보호로 우리는 이기리라.
　　　　　　부처님의 손안에 승부가 달려 있다.

대신들과 장교들
　　　　　　나가자 우리 용사도 소백산 너머로 가자.
　　　　　　우리 함께 같이 나가 적군을 모두 무찔러 버리자!

국　사　　부처님의 보호로 그의 힘으로만 승부가 결정되네.
　　　　　　결정되리라.

국　왕　　나가라! 우리 용사들도 소백산 너머로 나가라.
　　　　　　침입자를 무찌를 것 마음속에 지니어라.

설　아　　어찌해서 내가 울까? 어찌해서 내맘 끌리나?
　　　　　　그를 사랑하다니 그는 내 원수인데.

김수겸　　기쁨으로 가슴 뛰네. 내 영혼이 용약하네.
　　　　　　어서 승리를 거두러 가세. 싸워서 적군을 무찔러 버리자.

덕만 공주　용감한 장군이시여, 이 군기를 받아들라.
　　　　　　가는 길에 빛이 되고 영광이 될지어다.

설　아　　어찌해서, 어찌해서 누굴 위해 내가 우나?

서로 적되어 싸우니 슬픈 눈물 흐르네.
눈물만이 슬픈 눈물만 흐르네 아! 이겨 돌아오라.

덕만 공주 가는 길에 길잡이와 빛이 되자. 적을! 나가자!
어서 나가 침략자를 쳐부숴라!원수를 쳐부숴라!
적을 무찔러 버리자. 쳐라! 이겨 돌아오라!

김수겸 자! 어서 나가자! 같이 나가 승리 거두세! 나가자!
싸워 적군을 무찔러 버리자.

전 령 자! 어서 나가자! 같이 나가 승리 거두세!
어서 나가 싸워 적군을 무찔러 버리자!
적을! 적을! 나가자.
어서 나가 침략자를 쳐부숴라. 적을 무찔러 버리자.
쳐라! 쳐라!

국 왕 나가자! 우리 용사들아! 소백산 너머로 가라.
침입자를 무찌를 것 모두 마음 속깊이 지니어라.
어서 적을, 나가자! 어서 나가 침략자를 쳐부숴라!
원수를 쳐부숴라. 적을 무찔러 버리자.
쳐라! 쳐라! 쳐라!

설 아 이겨 돌아오라. 내 입에서 이 말이 나오다니.
조국의 운명을 걸고 또 나를 위하여 용감히 싸우고 계시는
나의 아버지와, 싸우는 그이의 승리를 빌다니! 나의 형제
를 이기고 나의 백성의 피로 물들은 자가 영광스럽게도 개
선장군이 되고 내아버지는 잡혀 오는 것 어찌 볼 수 있나?
신이여 불길한 내 말을 용서하고 진심으로 아버지를 위해
빌게 하사 원수를 무찔러 승리를 거두게 하여 주옵소서!
아! 나의 가슴 터지리. 불쌍한 이 몸. 항상 나를 위하여
그는 위로해 주고 또 사랑해 준 나의 그리운 그대. 김수겸
에게 죽으라고 나 어찌 그런 말을 할 수가 있으리! 아! 이
세상에 이보다 더 큰 고통이 있을쏘냐? 불러보고 싶은 나

의 아버지 그리운 그대 얼굴도 보고파. 눈물은 흘러 내 볼
을 적시네. 나 누구를 위해 울고 있나? 간절히 다 바친 기
도와 눈물 모두 원망소리로 변했소. 떨리며 흔들리는 나의
마음, 고통으로 나 진정할 수 없네. 하늘이여 돌보소서,
나의 고통 살피소서. 내 운명은 끝났도다. 모든 고통은 날
괴롭히네. 하늘이여 돌보소서. 아! 나를 살피소서. 나의
고통을 살피소서. 나의 고통을 살펴주오.

국 사   부처님께 영광, 그의 보호로 우리는 이기리라.
         부처 손에 우리 승부 달려있네. 승부가 달렸다.
         어서! 적을! 나가자. 어서 나가 침략자를 쳐부숴라.
         적을 무찔러 버리자. 어서 적을 어서, 이겨 돌아오라.

대신과 장교들

         나가자 우리 용사도 소백산 너머로 가자. 우리 함께 같이
         나가 적군을 모두 무찔러 버리자. 쳐라! 적을 쳐라! 적을!
         나가자! 어서 나가 침략자를 쳐부숴라! 원수를 쳐부숴라.
         적을 무찔러버리자. 쳐라! 쳐라! 이겨 돌아오라! (설아를
         보며 뒷걸음으로 나간다.)

‖ 제 2 장 ‖

신라 서라벌에 있는 제단, 좌우로 석상과 거대한 돌기둥이 즐비해 있다.
황금으로 된 몇 개의 향로에서는 향연이 솟아오르고, 어둠침침한 신전 안
에는 위로부터 신비로운 빛이 비치고 있다. 중앙 제단은 주단이 깔려 있
다. 국사와 승려들은 제단 앞에 나란히 선다.

무녀장   전능하신 부처, 생명 주 되신 신이여 아! 아!

무녀장 및 무녀들

구하나이다.

국사 및 승려들
이 세상 만물들을 창조하신 자여 구하나이다.

무녀장　　자비하오신 부처 만물을 길러내시는 자, 아! 아!

무녀장 및 무녀들
구하나이다.

국사 및 승려들
만물의 왕이 되시고 생명 주신 자여 구하나이다.

무녀장　　영원한 빛 되시는 부처 광명 주시는 자, 아! 아!

무녀장 및 무녀들
구하나이다.

국사 및 승려들
우주의 생명이 사랑의 신이시여 들으소서

무녀장 및 무녀들
우리의 석가

일　동　　들으소서.

무녀장 및 무녀들
우리의 석가

국사 및 승려들
들으소서.

국　사　　용감한 용사들아 조국의 운명 너에게 달려 있네.
하늘이 주신 이 칼을 들고 용감하게 싸워

적을 무찔러 죽음을 줘라.

승려들　　하늘이 주신 이 칼을 들고 용감하게 싸워
　　　　　적을 무찔러 죽음을 줘라.(같이 내려간다)

국　사　　이 나라를 지켜주는 우리의 신이시여 네 손을 펼쳐드사
　　　　　신라를 구하소서.

김수겸　　우리의 으뜸이시여 전쟁의 심판자여
　　　　　우리를 돌보사 신라를 지켜주소서

국　사　　네 손을 펼쳐 네 손을 펼쳐드사 신라를 구해 주소서.

승려들　　이 나라를 지켜주는 우리의 신이시여!
　　　　　네 손을 펼쳐 네 손을 펼쳐드사 신라땅을 구해 주옵소서.

국　사　　이 나라를 지켜주는 우리의 신이시여.
　　　　　네 손을 펼쳐드사 신라를 구하소서.

김수겸　　돌보소서 지켜주시옵소서. 신라를 지켜주소서.

제사 및 무녀들
　　　　　전능하옵시는 부처 생명 주시는, 아! 아!

국사 및 김수겸
　　　　　전능한 부처 생명주시는 자 이 세상 만물 창조하신 자.
　　　　　구하나이다.

일　동　　이 세상 만물 하늘과 땅을 창조하신 자, 구하옵나이다,
　　　　　만물을 창조하신 자여 구하나이다.
　　　　　생명을 주시는 자 들으소서, 지켜주시는 자 들으소서
　　　　　우리의……(칼을 뽑으며) 만물의 석가, 만물의 석가

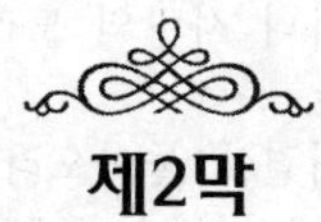

제2막

‖ 제 1 장 ‖

덕만 공주의 방, 덕만 공주는 시녀들에게 둘러싸여 승전제를 위하여 아름
답게 화장하고 있다. 향로에서 향기가 솟아오르고 젊은 시종들이 깃으로
만든 부채로 부채질을 하고 있다.

여시종들　　당신의 영광을 위하여 노래를 부르자.
　　　　　　그대의 이름 찬양해, 영원히 영원히 그를 영원히 찬양해
　　　　　　그대의 머리 위에는 승리의 월계관 찬란하며 찬양소리 우
　　　　　　렁차니 사랑의 노래도 함께 부르리라.

덕만 공주　　돌아오라 내곁에, 돌아오라
　　　　　　너의 목소리를 나 기다리네.

여시종들　　장군은 용감히 싸워서 적을 무찌르니
　　　　　　아침의 이슬과 같이 사라져 버렸네.
　　　　　　적국은 사라져 버렸네. 승리의 월계관을 장군의 머리 위에
　　　　　　얹어 놓고서 승리의 노래하니 사랑의 노래도 함께 부르리라.

덕만 공주　아! 돌아오라. 내 곁에 돌아오라.

　　　　　그대 노래소리 나 기다린다네.(시종들이 춤을 춘다.)

여시종들　그대의 머리 위에는 승리의 월계관 찬란하여

　　　　　찬양소리 우렁차니 사랑의 노래도 함께 부르리라.

덕만 공주　아! 돌아오라 내곁에 돌아오라.

　　　　　그대 목소리를 나 기다린다네.

　　　　　(시녀들을 향해) 너희들 이젠 그만 물러 가거라.

　　　　　설아가 오니 그녀와 말하리.

　　　　　만날 때마다 불현듯 의심이 또 나네.

　　　　　오늘 그의 비밀 알아내리라. 여기와 앉아라.

　　　　　가엾은 설아, 가련한 설아.

　　　　　네가 당하고 있는 고통 내 어찌 모르리.

　　　　　나 너의 벗이로다. 너를 위로해 주고파 너무 슬퍼마라.

설　아　슬퍼 안 할 수 있소. 싸움에 패한 뒤에

　　　　　아버지와 형제의 운명도 모르는 이때에……

덕만 공주　네 맘 알겠다. 그러나 슬픔도 한이 있을지라.

　　　　　다 지나가고 세월이 흘러가네 사랑의 신이 네 마음의 상처

　　　　　고쳐주리.

설　아　오, 나의 사랑하는 그대는 모두 다 아버지의 원수……

　　　　　그러나 나의 마음속에는 그대 모습 잊을 수 없네.

　　　　　모두 다 아버지의 원수……

　　　　　그러나 나의 마음속에는 그대 모습 잊을 수 없네.

덕만 공주　창백한 얼굴, 떨리는 소리, 사랑의 비밀 엿보이네

　　　　　알아보자니 나도 괴로워. 그러나 너의 속을 알리라.

　　　　　(설아를 향해) 무슨 걱정이 그렇게 많으냐? 너의 고민 말

　　　　　해다오. 너의 비밀을 나에게 말해 다오.

　　　　　이번 싸움에 나가 싸운 우리 용사 중에 누구와 사랑의 말

을 같이 한 일 있는가?

설　아　웬 말씀……

덕만 공주　용감한 군사도 적군과 싸우다가 잘못되어서
　　　　　불행히 전사할 수 있네.

설　아　그 무슨 말씀, 가엾은……

덕만 공주　너 김수겸 전사한 것을 아직 모르는가?

설　아　아! 죽다니. 그이가 죽다니!

덕만 공주　그이는 전사했다.

설　아　나 홀로 남겨두고 전사라니!

덕만 공주　무엇이? 이젠 알았다. 너 그를 사랑하지?

설　아　내가……

덕만 공주　그렇다면 다 말하겠다. 그의 전사는 거짓말이다.
　　　　　김수겸은 살아있다.

설　아　아! 부처님 감사……

덕만 공주　아직도 속이려나? 너 그러나 듣거라.
　　　　　나 너에게 그이를 양보할 수 없다. 방해하리…

설　아　당신께서 나의 사랑을 방해한다니……
　　　　　아! 무슨 말을 내가, 용서를……
　　　　　아! 나를 동정하여 주시오. 나 홀로 남아 갈 곳 없는 몸
　　　　　당신은 복된 몸이로다. 나 오직 바라는 것 사랑뿐이오.

덕만 공주 너를 동정할 것 있을쏘냐.
너의 사랑을 못 이루게 하고 나의 이 저주 소리로 너를 괴롭혀 죽도록 할 것이다.

설 아 당신은 복된 몸이로다. 나 오직 믿는 것 사랑뿐이오.
제발 나를 동정하여 주시오. 제발 나를 동정하여 주시오.

덕만 공주 그만 두어라. 나 진정코 너의 사랑 방해하리라!
너의 사랑 용서할 수 없고
나의 저주소리로 너는 죽게되리

합 창 나가자 우리 용사도 낭비성으로 가자.
우리 함께 같이 나가 적군을 모두 무찔러 버리자.

덕만 공주 너도 나와 함께 개선장군을 맞이하자.
나는 옥좌에 앉아 있고 너는 땅에 엎드리고……

설 아 허무한 나의 생명 오직 슬픔 속에 잠기고
당신에겐 영원한 행복이 있을 것이나
나는 오직 홀로 죽음만을 기다리리다.

덕만 공주 개선장군 맞이하자. 승리의 용사들 돌아오네.
그의 앞에 우리 나가서 나와 사랑을 다투어 보자.
우리의 사랑을 다투어 보자.
우리의 사랑 너와 싸워 보리라.

설 아 허무한 내 사랑 끝났네.
허무한 사랑, 하늘이여 돌보소서 나의 고통을 살피소서
나의 고통 살펴주오.

합 창 우리의 용사 적을 무찔렀다네. 적을 무찔러버렸네.

∥ 제 2 장 ∥

서라벌의 큰길에 마련된 개선식장. 전면은 소나무 숲이 우거지고 우편에는 우람한 궁전 좌편에는 자색으로 차양이 덮인 옥좌가 마련되어 있으며 후면에는 승전 아치가 서 있고 무대는 사람들로 가득 차 있다.

군중 및 사제들
　　　우리의 영광, 서라벌 부처님께 영광!
　　　우리는 함께 나가 대왕의 영광, 영광을 높이 찬양하세, 영광, 영광! 찬양하세, 영광. 찬양하세. 승리의 월계관을 장군 머리에 씌우세! 그들의 머리 위에 꽃비를 뿌리세. 어서 소녀들이여 노래 맞춰 춤추세. 그대의 높은 향기 우리 춤추게 하네. 빛나는 승리를 이룩하신 이에게 감사드리세. 무한히 거룩하신 이에게 승리의 감사드리세. 기쁜 오늘날에 그대의 높은 향기 우리 춤추게 하네 (김수겸이 선두에 서고 개선군인들이 국왕 앞으로 행진해 온다.) 승리의 나팔 소리에 우리의 용사들이 발맞춰 들어오네. 영웅의 행진 속에 꽃비를 뿌리세. 부처님께 감사를 드리세. 기쁜 오늘날에 우리 용사 돌아오네. 승리의 용사, 적을 무찌른 용감한 용사, 승리의 용사에게 영광 돌리세! 기쁨으로 어서 나와 맞이하세. 영웅의 행진 속에 꽃비를 뿌리세. 승리의 나팔소리에 발맞춰 돌아오네. 영웅의 행진 속에 꽃비를 뿌리세. (입장한다) 승리의 감사드리세. 영원토록 감사하세. 부처님께 감사, 감사드리세.

국　왕　우리 용사들을 나 환영하노라.
　　　장군 이제 공주가 너에게 월계관을 얹을 것이다. (월계관을 씌운다.) 이제 네 소원을 말해 보라. 무엇이든 다 들어주겠다. 우리의 거룩한 부처 앞에 맹세하노라.

김수겸　그러면 포로들을 끌어내 주오.

국사와 승려들
　　　　　승리의 감사드리세 감사,
　　　　　기쁜 오늘날 영원히 감사를…… 부처께 감사드리세.

설 아　　저이는 나의 아버지, 잡혀 오다니!

군중과 승려들
　　　　　그의 아버지!

덕만 공주　우리의 포로……

고국천　　말 말아라.

국 왕　　이리로…… 그 누구인가?

고국천　　그의 아버지. 싸웠으나 싸움에 지고 잡힌 몸이오.
　　　　　나의 옷 찢어지고 피나듯 생명을 걸고 나 싸웠었네. 불운
　　　　　하여 싸움에 패하고 이렇게 잡힌 몸 되었오. 모든 군사들
　　　　　전사를 하고 우리 왕께서도 전사했오. 조국을 위하여 싸웠
　　　　　으나 우리 모두 전멸 당했오. 자비로우신 대왕이시여 저들
　　　　　을 동정하여 주시오. 너그러우신 대왕이시여 저들의 생명
　　　　　을 구해주시오.

합 창　　자비로우신 대왕이여 우리를 동정하여 주시오.
　　　　　너그러우신 대왕이시여 저들의 생명을 구해 주시오.

일 동　　대왕이시여 그들의 소원 그들의 진정 듣지 마시오.
　　　　　우리의 요구는 그들의 목숨, 그들의 죽음을 바라오.
　　　　　(포로들, 고국천, 설아, 왕을 번갈아 쳐다본다.)

설 아　　자비하신 대왕이시여 저들을 용서하여 주옵소서.

덕만 공주　저 눈 보라. 저 눈 보라.

그녀를 보는 눈 그의 얼굴 붉게 타고 있네.

고국천　　자비하신 대왕이시여 우리를 살려 주시오. 살려 주시오.

국　사　　자비를, 자비를, 우리를 위하여 저들에게 자비를.

국　왕　　승리로 싸움 끝났으니
자비로운 마음으로 저들을 살려 주리.

포로들　　우리에게 자비를 베푸소서. 용서해 주오.

군　중　　포로들을 용서해 주시오. 자비를 베푸시오.

김수겸　　슬픔의 눈물 흘리고 있는 너의 얼굴 더욱 아름답네.
너의 슬픔의 얼굴을 보면 나의 가슴 사랑에 불타네. 그의
슬픔, 그대의 눈물 보면 나의 가슴 사랑에 불타네. 나의
가슴에 사랑의 불이 타네. 그의 눈물 보면 나의 사랑 불타
네. 나의 가슴 나의 사랑, 그의 슬픈 눈물 보면, 나의 가
슴 나의 사랑 더욱 불타네. 네 슬픈 얼굴 더욱 아름답도
다. 나의 가슴 나의 사랑 불탄다.

덕만 공주　　저 눈 보라! 불타는 그의 눈!
그 얼굴을 붉게 타고 있네. 나만 홀로 버림받고 있다니!
내 원수 갚고 말리라.

설　아　　자비하신 왕이여! 너그러운 왕이시여
저들을 동정하여 주오. 살려 주시오. 아! 자비로우신 대왕
이시여 저들을 동정하여 주시오. 너그러우신 대왕이시여
저들의 생명을 구해 주시오. 자비하고 자비하며 너그러운
대왕이여 저들의 생명을 구해 주시오. 자비하신 왕이시여
너그러운 대왕이시여 살려 주시오.

고국천　　우리의 생명 구해 주시오. 우리를 살려 주시오.

동정해 주시오. 우리의 생명 구해 주시오.
동정해 주시오. 살려 주시오, 생명을.
자비로우신 대왕이시여 저들을 동정하여 주시오.
너그러우신 대왕이시여 우리의 생명을 구해 주시오.
자비하고 너그러운 대왕이시여. 자비롭게 그들의 생명을
구해 주시오. 자비하신 왕이시여 너그러운 대왕이시여! 우
리의 생명을 구해 주시오.

국 사　　부처의 뜻대로 되어지다. 평화를 위하여 부처의 뜻대로.
다루시오. 부처 뜻 따르시어 그들을 다루시오. 부처 뜻 따
라 그들을 다루시오. 부처 뜻 따르시오. 그들을 다루시오.
부처 뜻 이루어지리 이루어지리다.

국 왕　　승리로 싸움은 끝났으니 저들을 살려주자.
자비를 베풀자. 부처 뜻 받들어서 왕 된 자의 자비 베풀
자. 부처 뜻 받들어 왕 된 자 자비를 베풀지라.
부처 뜻대로 저들의 생명을 살려 주리다.

포로들　　우리에게 자비를 베푸소서 용서해 주오.
제발 우리를 제발 동정해 주시오. 자비를 베푸오. 자비하
신 대왕이시여, 우리의 생명 살려주오. 자비로우신 대왕이
시여, 우리를 동정하여 주시오. 너그러우신 대왕이시여 우
리의 생명 구해 주시오. 자비하고 너그러운 대왕이시여 우
리들의 생명 구해 주시오. 살려 주오. 대왕이시여. 자비로
우리를 살려주오.

승려들　　부처 뜻대로 되어지다. 부처 뜻대로 저들을 다루시오.
부처 뜻 따르시어 그들을 다루시오. 부처 뜻 이루어지리,
이루어지리다.

군 중　　너그러운 대왕이시여 저들의 생명 구해주시오.
제발 왕이시여 용서해 주시오. 대왕이시여 그들의 죄를 자
비로 용서해 주시오. 자비하신 대왕이시여 용서해 주시오.

김수겸   우리의 왕이시여
           당신의 자비와 동정으로 나의 소원 들어주시오.

국 왕   아무렴.

김수겸   그러면 저 불쌍한 고구려 포로를 돌려보내 주시오.

덕만 공주   저것 봐!

승려들   우리의 원수 어떻게 하나.

군 중   돌려보내 주시오.

국 사   왕이여 저 간악한 무리들을 다시 풀어 주면은
           그들 언제든지 다시 침략해 올 것이라.
           너무 관대한 처분은 나중에 후회하리.

김수겸   고구려의 왕 죽었으니 후환 걱정할 것 없네.

국 사   그러면 인질로써 설아의 아버지 여기 잡아두면.

국 왕   너의 말이 옳도다. 평화를 위하여 그와 같이 하기로 하자.
           김수겸 너 큰 공을 세웠으니 나 이제 너를 후계자로 정하
           니 이 나라를 덕만 공주와 살며 다스리라.

덕만 공주   아! 기쁘도다. 기다리던 나의 소망 이뤄졌네.

국 왕   우리의 영광, 신라의 부처님께 영광,
           적군을 무찌르니 영원한 영광, 영원한 영광이 찾아오네.

포로들   영광의 나라 신라, 부처님의 나라
           원수의 죄를 용서해 우리의 죄를 용서해 주도다.

군 중   우리의 영광, 신라의 부처님께 영광,

적군을 무찌르니 영원한 영광, 영원한 영광이 찾아오네.

국 사　　찬양하리라 거룩한 부처님, 평화의 세존,
　　　　영원히 찬양하리라. 거룩한 부처님의 뜻 영원히 받들리라.

승려들　　찬양하리라 거룩한 부처님, 평화의 세존,
　　　　영원히 찬양하리라. 거룩한 부처님의 뜻 영원히 받들리라.

설 아　　나의 꿈은 사라지고 나 홀로 남아 있네.
　　　　나의 사랑 언제나 다시 찾으리오.

김수겸　　나의 소망 사라지니 즐거움 사라졌네.
　　　　그러나 다시 찾으리 사랑하는 나의 설아 너를…

덕만 공주　아! 나의 꿈 이뤄지고 기쁨의 꿈 찾아왔네.
　　　　꿈이여 영원히 깨지 마소서 영원히 깨지 마소서.

국 왕　　영광, 영원한 영광, 신라의 영광!

군 중　　영광, 찬양하세, 영광!

국 사　　영원한 영광, 부처님의 뜻 반드시 영원한 영광,
　　　　영광을 주시오.

고국천　　아직 실망을 하지 말고 용기를 내어라.
　　　　우리 다시 조국을 찾을 날 있다.

설 아　　나 홀로 남아 언제나 다시 사랑을 찾으리오.
　　　　아! 나의 꿈은 사라지고 나 홀로 남아 있네.
　　　　나의 사랑 언제 다시 찾으리오.
　　　　나 홀로 남아 나의 사랑 다시 언제 찾으리오.
　　　　언제 찾으리오. 나의 사랑 언제 찾으리오.

덕만 공주　나의 꿈이여 영원히, 영원히 모든 기쁨,
아! 아! 나의 꿈 이뤄지고 기쁨의 길 찾아 왔네. 꿈이여
영원히 깨지 마소서. 영원히 영원히 깨지 마소서 기쁨의
꿈이 찾아 왔네. 깨지 마소서.
영원히, 영원히! 영원토록 깨지 마소서.

김수겸　나의 소망 사라지니 즐거움도 사라졌네.
언제 다시 찾으리! 아! 나의 소망 사라지니
즐거움 사라졌네. 그러나 다시 찾으리 나 다시 찾으리!
사랑하는 설아를, 소망 사라져 즐거움도,
그러나 다시 찾으리 나의 사랑 설아를, 다시 찾으리,
나의 설아를 나의 설아를 나의 설아여.

고국천　용기를, 희망을, 희망 갖고 아! 아직 실망을 하지 말고
용기를 내어라. 우리 다시 조국을 찾는 날 있네. 희망 갖
고 실망 말고 용기를 내라. 우리 다시 조국을 찾는 날 있
으리 조국 찾으리라. 실망말고 용기를 내라. 조국 찾으리
다. 실망 말고 용기를 내라 조국 찾는 날 있다.

국　사　찬양하세, 찬양하세, 찬양하리라.
거룩한 부처님 나라의 뜻을 영원히 찬양하리라. 거룩한 부
처님 그의 뜻 영원히 받드리라. 찬양하리라. 해뜨는 동방의
나라 찬양하리로다. 영원히 찬양하리 찬양하리로다. 영원
히 찬양을 하리다. 영원히 찬양을 하리로다. 찬양하리로다.

국　왕　신라의 영광, 영광의 신라, 우리의 영광, 서라벌 신라
백성들 영광, 적군을 무찌르니 영원한 영광, 영원한 영원
한 영광 찾아오네. 승리의 깃발 날리며 적군을 무찌르고
돌아오네. 무찌르고 돌아오네.
영광, 영광 김수겸 장군 찬양하리라. 영광,
김수겸 장군 찬양하리라 찬양하리로다.,

승려들　찬양 찬양하세 찬양하세!

포로들　　영광의 나라 동방 해뜨는 평화 나라

원수의 죄를 용서해, 우리의 죄를, 용서해 주도다. 원수의
죄를 용서해 우리의 죄를 원수의 죄를 용서해 주오. 찬양
받는 나라 신라여 영광 받으리 영광 받으리

군 중　　영광, 영광, 신라의 영광이 우리의 영광

해뜨는 나라 신라 영광 적군을 무찌르니 영원한 영광, 영
원한 영광이 찾아오네. 승리의 깃발날려 적군을 무찌르고
돌아오네. 찬양하리로다. 영광, 영광, 김수겸을 찬양하리라.
찬양하리로다.

제3막

계림 숲 주변, 우측 언덕에는 우거진 나무 사이로 황룡사가 보인다. 밤하늘에 별이 빛나고 밝은 달이 떠 있다.

승려들 극락왕생 인도하고 자비하신 그 부처님.
    무한한 사랑 주소서 네게 비옵나니.

무녀들 우리를 도와 주소서, 도와 주시옵소서.
    어머니 우리에게 복된 사랑 주소서.

숲가에 대 놓은 가마에서 덕만 공주, 국사가 올라온다. 뒤에는 짙은 복면을 쓴 시녀들과 호위병들

국　사 황룡사 성전에서 자기의 영원한 사랑 위하여
    진심으로 기도하시오. 부처님께서 당신의 진정을
    동정하여 주실 것이라 기도하시오.

덕만 공주 기도하리, 그의 사랑 영원히 변치 않게
    영원히 나에게서 변치 않도록

국　사　　　자 어서 들어가 기도하오. 새벽녘까지

무녀들　　　우리를 도와 주소서. 우리에게 복된 사랑 주소서.

승려들　　　도와 주시옵소서, 사랑의 어머니
　　　　　　우리에게 복된 사랑 주소서.

설　아　　　그이와 여기서 만나게 될까?
　　　　　　만일에 아! 그가 나에게 마지막 인사를 한다면 나 홀로 모
　　　　　　랑내 물 속에 내 무덤 만들면, 그러면 모든 고통 다 사라
　　　　　　지리오! 나의 고향 다시 보고 싶으오. 다시! 다시 보고 싶
　　　　　　으오. 내 고향 푸른 하늘 보고 싶소. 어린 시절 꿈을 안고
　　　　　　놀던 곳 푸른 언덕과 꽃향기의 시냇물, 오! 나의 고향, 다
　　　　　　시 보고 싶소, 오! 나의 고향, 오! 나의 고향 언제 다시
　　　　　　볼 수 있으리, 보고 싶소, 오! 나의 고향, 다시 보고 싶소.
　　　　　　다시, 다시 보고 싶소. 푸른 풀밭과 꽃향기 속에서 당신과
　　　　　　같이 살려던 꿈은 이젠 사랑도 다 사라져 버리고 오직 나
　　　　　　에겐 슬픈 고통만이.
　　　　　　오! 나의 꿈이여 언제 다시, 언제 다시 찾으리오.
　　　　　　오! 내 고향 다시 보고 싶소.

설　아　　　아! 아버지!(아버지 등장)

고국천　　　좀, 조용히 나 너를 지금 찾았었네.
　　　　　　너의 맘 다 알고 있다. 김수겸을 기다리고 있지!
　　　　　　그자를 사랑하지? 그러나 너는 여종의 몸이라
　　　　　　희망없다. 그 공주가 방해할 터이니……

설　아　　　종이라 하지만 나 당신의 딸이오.

고국천　　　나의 딸이라면 나의 말 들어라.
　　　　　　그러면 소원 풀 수 있다.
　　　　　　조국과 사랑도 모두 얻게 되리라. 아름다운 고국의 푸른

　　　　　　　산천 우리 다시 한번 보고 싶어라.

설　아　　아름다운 고국의 푸른 산천
　　　　　우리 다시 한번 보고 싶어라.

고국천　　우리 고향에 같이 돌아가서 너는 그와 함께 살으리.

설　아　　꿈에 그리던 나의 고향에서
　　　　　그이와 같이 살 수 있다면 죽어도 한이 없소.

고국천　　그러나 지금 우리 고향 땅에는 신라 군사들의 침략을 당해
　　　　　산천이 모두 쓸모없이 된 것 우리 영원히 잊을 수 없다.

설　아　　아! 나의 고향, 불행한 내 조국.
　　　　　나의 이 슬픔 참을 수 없소. 자비하신 우리의 신 평화를
　　　　　주시옵소서. 불쌍한 동포들의 생명을 구해 주시옵소서.

고국천　　구원받으리라. 그러나 적은 우리 군사들을 무서워하여
　　　　　그들 다시 우리를 치려 한다.
　　　　　어떤 길로 올 지 알 수 있다면……

설　아　　누가 잘 알고 있소? 누가?

고국천　　바로 네가!

설　아　　내가?

고국천　　김수겸 곧 나타나리! 그에게서 알아내어야만 한다 알았나?

설　아　　무서워, 무슨 말씀이요? 아니! 그건 못 하오.

고국천　　그렇다면 우리의 조국과 우리의 백성은 멸망하고 말리라.
　　　　　사랑하는 형제들 아름다운 강산 모두가 피로써 물들인다.

설 아   아버지시여.

고국천   넌 내 딸이 아니다.

설 아   용서하여 주시오.

고국천   고향땅 피로 물들어 산천이 통곡할 때
              죽음의 암흑 속에서 사자들 신음 소리,
              원한을 품은 백성들 널 저주하리라.

설 아   제발 그만 ! 아버지여!

고국천   사자들의 그림자 암흑 속에서
              나와 너를 따라다니며 괴롭힐 것이다.

설 아   아! 아버지. 아니! 아!

고국천   네 어머니 원망소리, 넌 저주하리.

설 아   제발 그만 해 두시오. 아버지 용서하여 주오.

고국천   내 딸 아니다. 신라 왕실의 종년이라.

설 아   아! 용서를, 아버지 용서를,
              아버지 어찌 제가 적을 돕겠소?
              우리의 신께 맹세합니다. 난 당신의 딸. 조국을 위해 무엇
              이든지 모두 다 바치겠습니다.

고국천   우리 사랑하는 조국을 위하여
              나 너를 괴롭혔으나 참고 견디어라.

설 아   내 사랑하는 조국을 위해 무엇이든지 바치겠습니다.

고국천   가련한 내 설아, 잘 말했다.

김수겸 나타난다.
고국천은 나무 뒤로 숨는다.

김수겸   내 사랑하는 나의 설아.

설 아   안되오. 그만 가야 하오.

김수겸   우리 다시 같이 만났으니.

설 아   덕만 공주 곁으로 어서 빨리 돌아가시오.

김수겸   무슨 소리! 나 진심으로 널 사랑해.
            우리의 신께 맹세할 수 있네.

설 아   신께 모독을 하지 마오. 덕만 공주를 진정 사랑하면서

김수겸   나의 설아. 날 믿어 주오.

설 아   날 버리지 않으면 당신은 사랑하는 조국과
            왕과 그의 딸 덕만 공주도 모두 멸망할 것이라.

김수겸   내말 들으오.
            적의 군사들이 앙심을 품고 다시 싸우려고 일어났소. 우리
            의 왕께서는 나를 시켜 적의 군사를 치게 했소. 승리의 개
            선할 수 있을 때 우리의 사랑 말하려오. 우리의 영원한 사
            랑 위해 그들 앞에 나가 고백을 하여 우리의 사랑 이룰 수
            있도록 대왕의 자비를 구하려오.

설 아   그러나 덕만 공주 어떻게 하겠소?
            반드시 그의 무서운 복수심은 우리에게,
            아버지에게 오리다.

김수겸   염려 마시오.

설 아   아니, 염려가 되오.
          그러나 나를 사랑한다면 이곳을 떠나는 것.

김수겸   이곳을?

설 아   어서!

김수겸   도망을!

설 아   사랑하는 우리 함께 이곳을 떠나가면
          우리를 반겨주는 새 고향이 있다오.
          사랑의 보금자리는 꽃향기 속에 묻히고 꽃나비 춤추며
          새들도 노래하니 복된 황홀 그 속에서 영원히 살으리.

김수겸   아! 이곳을 버리고 함께 떠나자고?
          내 나라를 버리고 나 어찌 떠나리 사랑하는 내 고향
          내가 지켜온 이 나라 사랑 준 곳 나 어찌 떠나리.

설 아   사랑의 보금자리는……

김수겸   나에게 사랑 준 곳.

설 아   꽃향기 속에 묻히고, 꽃나비 춤추며

김수겸   어찌 잊을손가?

설 아   새들도 노래하니 복된 황홀 그 속에서 영원히 살으리.

김수겸   나의 사랑 두고 나 어찌 떠나리
          사랑하는 내 고향 나 어찌 떠나리.

설 아   내 고향 아름다운 푸른 하늘 푸른 산천
          모두 우리를 위해 축복해 주리라.
          신들도 우리 사랑 축복해 주리라.

우리들 가는 곳에 낙원 있으리. 어서 떠납시다.

김수겸   내 고향을 버리고 나 어찌 떠나리.
나에게 사랑 준 곳 나 어찌 떠나리, 설아여!

설 아   돌아가시오, 가오!

김수겸   가라고?

설 아   가오!

김수겸   나 진정으로 그대 사랑해 당신 두고 어디로 가리오.

설 아   아니, 가오! 덕만 공주 기다리오.

김수겸   아니, 절대로.

설 아   절대 안 간다고? 그러면 아버지와 나를 먼저 죽이시오.

김수겸   아니 자유를, 자유의 나라 찾아 인간 고통 없는 곳에 복된
보금자리 찾아 사랑 이루어 봅시다.
끝이 없는 사막이라도 우리에겐 사랑의 보금자리 하늘의
별들도 우리 위해 축복하리라.

설 아   우리의 고향 산천은 자유로운 복된 나라.
꽃향기의 바람 불며 새들도 노래하며 사랑해.
푸른 언덕과 푸른 들은 우리에겐 사랑의 보금자리 하늘의
별들도 우리 위해 축복하리.

설아와 김수겸
가자 같이, 이곳을 떠나 고통 없는 자유의 나라로 사랑의
보금자리를 찾아 갑시다. 찾아 갑시다.

설 아   그러나 군인 없는 안전한 길은 어느 쪽이요?

김수겸   적을 치기 위하여 진격할 길은 내일까지 비어 있을 거요.

설 아   그 곳의 이름은?

김수겸   대나무고개……

설 아   대나무고개!

고국천   (고국천 튀어 나오며) 대나무의 골짜기, 우리도 거기서……

김수겸   아니! 누구냐?

고국천   설아의 아버지 고구려의 장군이오.

김수겸   네가! 고국천? 아! 장군? 하느님 맙소사.
             아니 당신이 그럴 리……그럴 리 있나? 거짓말이다.
             나를 속일 수 없을걸……

설 아   진정을 하시오, 당신……

고국천   설아를 사랑한다면 우리의 왕 되리라.

설 아   내 사랑 믿으시오.

김수겸   내 나라의 반역자, 나 어찌 반역자가 될 수 있으리.

설 아   참으시오.

고국천   아! 네겐 죄가 없도다. 모든 것은 운명의 장난이다.

김수겸   내 나라의 반역자.

설 아   아니오.

김수겸   내 나라의 반역자,
         나 진정 사랑하는 내 나라를 반역할 수 있으리오.

고국천   아니오. 당신은 아무 죄 없도다.
         저 소백산 저 편에는 우리의 군사들이 당신들을 기다리고
         있네. 이 자리를 어서 빨리 떠납시다.(불전에서 나와 지켜
         보던 덕만 공주)

덕만 공주 반역자!

설 아   덕만 공주가!

고국천   나의 일 훼방하려나! 죽어라!

김수겸   무슨 짓. 안 되오.

고국천   내 원수!

국 사   어서 빨리!

김수겸   어서 가시오.

고국천   가자, 이곳을!

국 사   빨리 잡아라!

김수겸   군사들아, 난 여기 있다.(잡혀간다)

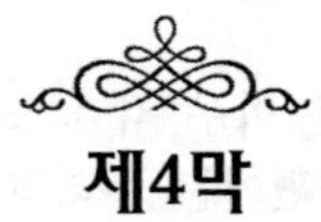

제4막

‖ 제 1 장 ‖

궁전 안의 낭하 정면으로는 벽이 있고 왼편의 문이 지하실로 가는 문이
고, 오른편의 입구는 김수겸이 수감되어 있는 감옥으로 가는 문이다

덕만 공주　그들은 어디로 도망했을까?
　　　　　제관들은 김수겸을 반역자로 만들 것 확실해. 그는 반역자
　　　　　는 아닌데…… 그러나 나라의 비밀을 누설한 것은 나라를
　　　　　팔아먹고 그녀와 함께 도망하려던 것, 그들을 죽이리! 아!
　　　　　무슨 말을? 나 아직 그를 사랑해, 잊을 수 없는 사랑은 나
　　　　　를 미치게 만드네. 그가 날 사랑한다면 살려내야지 어떻게
　　　　　해야지! 위병! 김수겸을 데려 오시오. 제관들 모여주오.
　　　　　네 운명 결정하리 네 지은 죄 무겁도다. 사형을 내리리라.
　　　　　그러나 염려마오. 나 당신을 위하여 용서를 구하기 위해
　　　　　나 왕께 말하여서 구해 줄 수 있소.

김수겸　　제관들 앞에 나가서 무거운 벌 받을 몸. 내가 지은 죄 무겁
　　　　　도다. 나 변명치 않겠오. 실수로 지은 죄라도 변명할 수

없는 큰 죄 그 어찌 경솔했을까?
그러나 나의 죄로 마땅히 벌 받겠소.

덕만 공주 마음 돌리지 않으면.

김수겸 아니!

덕만 공주 죽음이

김수겸 두렵지 않소. 희망 없고 기쁨도 사라지고
모두 다 사라졌소. 오직 죽음만을……

덕만 공주 죽다니! 아! 사랑하는 그대 날 위하여 죽지 마오.
나 혼자 두고 당신 혼자 죽을 수는 없오. 사랑은 괴로운
눈물……울며 홀로 밤새웠오. 사랑하는 그대여! 나를 혼자
두고 죽을 수 없네. 나 너를 구해 내리라.

김수겸 내 사랑 위해 나의 생명 나의 명예 바치리.
나의 사랑 그 여자 위해 바치리.

덕만 공주 그 여자라고?

김수겸 그 여자를 위해 나 죽으리라.
당신은 그 여자를 잡아서 죽인 후에 나만을 살려두고 영원
히 고통 주려나?

덕만 공주 아! 그녀를 죽이다니! 아니! 살아 있소.
도망하는 도중에서 그녀의 아버지만 살해당했오.

김수겸 살아! 설아는?

덕만 공주 그녀는 무사히 도망갔소.

김수겸   오! 신이시여 그녀를 도와 주시오.
          이제 나의 죽음도 헛되지 않으리!

덕만 공주 당신 살린다면 그 여자를 단념하겠소?

김수겸   못 하오!

덕만 공주 그녀를 단념한다면 살 수 있소.

김수겸   못 하오!

덕만 공주 다시 한 번만 마음 돌리시오.

김수겸   못 하오.

덕만 공주 그러면 죽음만이!

김수겸   언제나 죽겠오.

덕만 공주 모든 희망 사라지니 살릴 길도 없어졌네.
          나의 꿈은 깨어지고 모든 희망 사라져. 오직 복수심만 타
          네. 하늘이여 날 도와 내게 용기를 주사 그들을 복수하게
          하여 주시오.

김수겸   그를 위해 죽는 것은 가장 영광된 일이라오.
          사랑 위해 죽게 되니 가장 큰 기쁨 느끼오.

덕만 공주 내게 용기를 주사 그들을 복수하게 하여 주시오.

김수겸   그를 위해 죽는 것은 가장 영광된 일이라오.
          사랑 위해 죽게 되니 가장 큰 기쁨 느끼오.

덕만 공주 나! 어찌하리.

내게 용기를 주사 그들을 복수하게 하여 주시오.

김수겸   나는 기꺼이 죽을 테요.
　　　　나 당신 원망치 않소 당신 동정하겠소.

덕만 공주   하늘이여! 하늘이여!
　　　　복수하게 해 주시오.(의자에 푹 주저앉는다.)

김수겸   당신을 원망치 않소
　　　　당신을 동정하리라.(병사들에 이끌려 동굴로 향한다)

덕만 공주   때는 이미 늦었으니… 아! 살릴 길은?
　　　　이제 사형 선고를 제관들 고하리! 나의 질투심을 저주하노
　　　　라. 이 질투심이 사랑하는 그이를 죽이게 했네. 가혹한 제
　　　　관 냉혹한 저들 사형을 고하리, 아! 내 가슴 찢어지네. 그
　　　　이를 죽이도록 사형 선고서에 서명을 이 손으로 했으니!
　　　　나 어찌 그를 죽게 했을까?

국　사   부처님이여 이곳에 내리사 영원한 빛 비춰 주시옵소서.
　　　　정의의 심판 길에 불 비춰 주소서!(지하의 법정에서 들려
　　　　오는 승려들의 노래)

국사 및 승려들
　　　　부처님이여 불 비춰 주소서.

덕만 공주   오! 나 빕니다. 그를 구하여 주옵소서. 살려 주소서.

국　사   김수겸! 김수겸! 너 나라의 중한 비밀을
　　　　적에게 누설하였나 말해 보라! 말 못 하나?

승려들   말 해 보라.

국사 및 승려들
　　　반역자

덕만 공주　아! 저 이는 아무 죄도 없는 자 용서하여 주시오.

국　사　김수겸!
　　　너 전쟁하기 전날 밤 싸움터에서 도망했나 말해 보라.

승려들　말해 보라.

국　사　말 못 하나? 반역자!

덕만 공주　아!　저 이는 아무 죄도 없는 자. 구원하여 주시오.

국사 및 승려들
　　　김수겸 판결은 끝났도다. 너는 나라를 팔아먹은 자 반역자
　　　로서 벌 받으리라. 너를 이제 산채로 이 땅밑의 돌무덤 속
　　　에다 집어넣으리라.

덕만 공주　산채로 무덤 속에 갇히다니,
　　　무자비한 악독한 자들아 하늘이 무섭지 않느냐?

국사 및 승려들
　　　반역자! 반역자!

덕만 공주　제관들이여 판결은 잘못 되었오.
　　　하늘의 신을 모독하였도다. 죄없는 자를 죽게 하다니.

국사 및 승려들
　　　판결대로 하라!

덕만 공주　제관들이여 내 진정 사랑하는 그를 죽일 수가 있소?

자비의 부처 섬기는 자들이여, 무자비하게 죽일 수 있소?

국사 및 승려들
　　　　판결대로 하라.

덕만 공주　자비의 신을 모독하였도다.

국사 및 승려들
　　　　사형!

덕만 공주　아무 죄도 없는 자를 죽게 하다니.
　　　　안 돼! 아니,반역자가 아니오. 반역자 아니오.
　　　　안 돼! 반역자라니, 아니! 반역자가 아니오. 제발 살려 주오.

국사 및 승려들
　　　　판결대로 산채로 돌무덤 속에 가둬라.
　　　　판결대로 집행하라. 판결대로 집행하라.

덕만 공주　악독하고 무정한 자들아 자비의 신이 용서치 않도다.
　　　　용서치 않으리다

‖ 제 2 장 ‖

무대는 상, 하 2층으로 되어 있고 상층은 전쟁터의 모습이 어렴풋이 비치고 하층 지하 석굴 속에는 김수겸이 홀로 갇혀 있다.

김수겸　　드디어 돌문이 닫혀졌으니 이곳이 나의 무덤
　　　　인제는 태양도 못 보고 설아도 못 보네.
　　　　설아! 어데 있소. 영원한 행복을 비나이다.
　　　　나의 죽음이 헛되지 않게! 무슨 소린가?

그림자가? 환상인가? 아니 사람 모양일세. 오! 설아?

설 아   그렇소.

김수겸   아, 이 무덤 속에!

설 아   당신의 판결 소리 전해 듣고
당신이 갇힐 이 무덤 속으로 먼저 들어왔소.
당신과 함께 같이 죽기 위해, 영원토록 당신 곁에 있으리.

김수겸   죽음은 아름다운 것,
죽음은 사랑 때문에 그러나 그대마저 죽게 할 수 있으리.
그럴 수 없소. 그대는 향기로운 꽃봉오리 영원히 행복하게
살 수 있네. 오! 나의 사랑하는 그대여. 이곳을 떠나오.

설 아   보시오. 하늘의 천사 우리를 부릅니다.
별들도 춤을 추며 축복해 줍니다. 천국의 문이 열리고 고
통도 사라지니 기쁨이 넘쳐흐르고 천사의 나팔소리 우렁차
게 우리를 맞아 주네.

제사와 무녀들
자비하오신 부처 만물을 창조하시는 자, 아! 구하나이다.

설 아   슬픈 노래, 우리의 죽음의 노래.

김수겸   제관들의 축문이라오.
나에게 힘을 주사 이 문을 열게 하여 주시오.

설 아   그만, 이 세상에서 만사가 끝났소.

김수겸   정말로 그렇소.

설 아   잘 있거라 사랑하는 나의 고향,
         꿈같은 기쁨도 다 지나가고 우리겐 하늘의 문이 열리고 우
         리의 사랑 귀촉도 넋이 되어 서역으로 날아가리.

김수겸   잘 있거라 사랑하는 나의 고향,
         꿈같은 기쁨도 다 지나가고 우리겐 하늘의 문이 열리고 우
         리의 사랑 귀촉도 넋이 되어 서역으로 날아가리.

설 아   잘 있거라! 꿈같은 기쁨!
         꿈에 그린 우리 사랑 하늘을 날으리.

김수겸   잘 있거라! 꿈같은 기쁨!
         꿈에 그린 우리 사랑 하늘을 날으리.

무녀 및 승려들
         자비하고 만물을 창조하시는 부처. 구하여 주소서.

설아 및 김수겸
         아! 하늘을 날으리. 잘 있거라. 나의 사랑하는 고향

서정주의 〈귀촉도〉 노래

덕만 공주   네게 평화를……

설아 및 김수겸
         꿈같은 기쁨도 사라지고

덕만 공주   영원한 평화

설아 및 김수겸
         우리에겐 하늘의 문이 열리고.

덕만 공주 자비의 부처여……

설아 및 김수겸
　　　　우리의 사랑 귀촉도 넋이 되어 서역으로 날아가리.

덕만 공주 그들에게 영원한 평화를……

설아 및 김수겸
　　　　하늘로 날아가는 귀촉도 되리.

무녀 및 승려들
　　　　영원한 사랑! 영원한 행복! 귀촉도 사랑!

덕만 공주 네게 평화를, 네게 안식을, 귀촉도여, 안녕.

오페라의 대중화를 위한 작업

권 순 종(구미1대학 교수)

I

흔히 가극(歌劇)으로 번역되는 오페라는 음악과 연극이 결합된 종합예술이다. 따라서 오페라는 작품 전체가 작곡되어서 모든 대사가 노래로 표현되어야 한다. 오페라의 음악은 독창과 합창, 관현악으로 구성되어 있다. 독창은 등장인물이 맡고 성역(聲域)에 따라 소프라노, 메조소프라노, 알토, 테너, 바리톤, 베이스 등으로 나누어진다. 독창자가 부르는 노래는 선율의 아름다움을 주로 한 아리아(aria)[영창(咏唱)]와 이야기하는 것처럼 부르는 레치타티보(recitativo)[서창(敍唱)]로 나뉜다. 합창은 군중의 역할을 한다. 그리고 관현악은 노래의 반주를 하고, 등장인물의 감정이나 성격, 행동 등을 묘사하며, 무대의 분위기를 묘사하기도 한다.

그런데, 이처럼 성악과 관현악, 무용과 연기 등이 한데 어우러진 오페라는 보통 사람들로서는 좀체 접근하기 어려운 예술 갈래로 인식되기 쉽다. 그래서 오페라란 말만 들어도 고급스럽고, 어렵고, 한 편의 작품을 감상하는 데 품이 많이 들 것 같은 느낌을 받기 십상이다. 사실 그렇다. 오페라만을 공연하기 위한 전용 극장이 도시 한가운데 우람하게 그 자태를 뽐내고 있어서, 일반 대중은 가까이 다가갈 엄두조차 내지 못하는 경우가 많다. 또, 한 편의 오페라를 공연하기 위해서는 엄청나게 많은 시간과 노력, 비용이 들 수밖에 없다. 각각의 배역을 맡은 배우들과 합창단원, 관현악단원을 합치면 무대에 오르는 사람의 수가 헤아릴 수 없을 정도로 불어나기 때문이다.

그러나, 일반 대중이 오페라에 접근하기 어려운 것은 객석과 무대 사이에 엄연히 존재하는 문화적 이질감 때문이다. 서양의 명작들을 공연하는 경우, 배우들은 이상야릇한 복장과 분장을 한 채 등장해서 다른 나라 사람들의 이야기를, 서양 사람들의 동작을 섞어서, 그것도 말이 아닌 서양 음악으로 전달하니 객석의 보통 사람들(대중)로서는 이해하기 어려운 것은 당연할 수밖에 없다. 그래서, 대중이 이해할 수 없는 것은 어려운 것이고, 어려운 것은 고급스럽다는 논리가 오페라에서는 쉽게 통용된다. 또, 한 편의 오페라를 보기 위해서는 고급스런 극장의 분위기에 걸맞도록 옷차림에 신경을 써야 하고, 비싼 입장료를 지불해야 하니 그것 또한 고급스럽게 느껴지기는 매한가지이다.

Ⅱ

이러한 연유들 때문에 오페라와 일반 대중과의 거리는 쉽게 좁혀질 수 없었다. 일찍이 우리나라에도 연극과 음악이 한데 버물려진 예술 갈래가 없었던 것은 아니다. 판소리도 있었고, 창극도 있었다.

생각이 이에 미치면, 우리들의 이야기나 삶을 오페라의 형식으로 표현할 수 있다면 오페라와 대중의 거리를 좀더 쉽게 좁힐 수 있는 가능성이 담보될 수 있다. 말하자면 창작 오페라의 공연인 셈이다.

우리나라에서 창작 오페라가 최초로 공연된 것은 1950년에 초연된 현재명의 〈대춘향전〉이다. 이후 김대현의 〈콩쥐팥쥐〉, 김달성의 〈자명고〉 홍연택의 〈논개〉, 장일남의 〈원효대사〉 등의 창작 오페라가 발표되었다. 그리고 많은 오페라단이 창단되어 활동함으로써 오페라 운동이 활기를 띤 것도 사실이다.

그렇다고 하여 오페라의 대중화가 선뜻 이루어진 것은 아니다. 창작 오페라가 공연되어도 일반 대중이 다가가기에는 아직도 오페라는 저만치 멀리 떨어져 있었다. 오페라에 쉽게 접근할 수 있는 통로가 마련되지 않았기 때문이다.

따라서, 오페라의 대중화를 위해서는 새로운 계기가 마련되어야만 했다. 옛날이야기를 옛날의 방식대로 풀어내어서는 21세기 관객들의 발걸음을 극장 안으로 불러들이지 못한다. 그러므로 이제는 옛날이야기를 박물관에서 삶의 터전으로 끌고 나와야 한다. 옛날이야기가 옛날에 일어난 사건으로 그치는 것이 아니라, 오늘의 삶과 끈질기게 한 고리로 연결되어 있다는 것을 전달할 수 있어야 한다. 그리고 대사와 음악도 좀더 대중과 친숙한 것으로 다듬어져야 한다. 뿐만 아니라, 관객이 크게 부담을 안지 않고도 공연을 보러 올 수 있게 해야 한다. 그러자면 공연 장소도 반드시 오페라 전용극장일 필요는 없다. 야외에 등불을 밝혀 놓고 온 가족이 함께 어울려 우리 이야기를 오페라로 감상할 수 있다면 오페라는 바로 우리 이웃에 있는 예술일 수 있다. 또, 오페라라고 해서 반드시 대작(大作)일 필요도 없고, 과거의 이야기를 다룰 필요도 없다. 등장인물과 합창단, 관현악단의 규모를 최소 규모로 줄여서 작은 공연장에서도 오밀조밀하게 공연할 수 있고, 지금, 이곳에 사는 사람들의 이야기를 오페라로 만들어 공연할 수도 있다.

오페라 대본작가 김일영은 바로 이런 별난 작업을 쉼 없이 전개해 온, 한국 오페라 세계에서는 무척 특이한 존재이다. 그의 관심은 우리나라 삼국시대부터 고려시대, 조선시대를 거쳐 현재에 이르기까지 무한대로 확장되어 있고, 대작 오페라로부터 챔버 오페라의 대본 창작에까지 미치지 않는 곳이 없다. 또, 그는 과거의 이야기를 오늘에 재현하는 데 그치지 않고 과거와 오늘을 한 꼭지로 엮는 역량도 갖추고 있다. 그래서 작품의 사건은 과거와 현재를 넘나들기도 하고, 과거의 이야기에 현대적인 주제를 덧대기도 한다. 뿐만 아니라, 희곡작가로서 다져진 그의 언어 구사 솜씨는 어떻게 하면 문학과 음악이 참으로 조화롭고 행복하게 조우할 수 있는지를 보여준다. 그의 대본을 읽다 보면 노랫가락이 절로 흥얼거려지는 것은 바로 이 때문일 것이다.

Ⅲ

김일영의 『목화꽃, 내 사랑』에는 그 동안 공연되었던 오페라 대본을 중심으로 일곱 편의 작품이 실려 있다. 〈귀촉도〉는 세계적으로 널리 알려진 오페라 〈아이다〉의 번안 작품이다. 작가는 〈아이다〉의 주인공 아이다와 라다메스의 사랑과 죽음의 이야기를 〈귀촉도〉에서 우리나라 삼국 시대, 고구려인 설아와 신라인 김수겸의 그것으로 바꾸어 놓았다. 이 작품에서는 서정주의 시 〈귀촉도〉에 드러난 사랑의 정서를 좀더 구체적으로 느낄 수 있다. 이를 통해 작가는 조국에 대한 사랑, 이루어질 수 없는 사랑은 동서양을 막론하고 예술에서 추구하고자 하는 보편적인 주제임을 드러내고자 했다. 나아가 작가는 삼국시대 두 사람의 사랑과 죽음의 이야기를 통해 남북통일 혹은 민족화해의 한 방향을 제시하고자 했다.

설아　　잘 있거라 사랑하는 나의 고향,
　　　　꿈같은 기쁨도 다 지나가고 우리겐 하늘의 문이 열리고 우리의
　　　　사랑 귀촉도 넋이 되어 서역으로 날아가리.

김수겸　잘 있거라 나의 고향,
　　　　꿈같은 기쁨도 다 지나가고 우리겐 하늘의 문이 열리고 우리의
　　　　사랑 귀촉도 넋이 되러 서역으로 날아가리.

설아　　잘 있거라! 꿈같은 기쁨! 꿈에 그린 우리 사랑 하늘을 날으리.

김수겸　잘 있거라! 꿈같은 기쁨! 꿈에 그린 우리 사랑 하늘을 날으리.

무녀 및 승려들
　　　　자비하고 만물을 창조하시는 부처. 구하여 주소서.

설아 및 김수겸
　　　　아! 하늘을 날으리. 잘 있거라. 나의 사랑하는 고향.

　작품의 마지막 부분에서 설아와 김수겸이 지하의 석굴 감옥에서 죽음을 눈앞에 두고 마지막으로 부르는 이 노래 장면은 죽음도 막지 못하는

사랑, 고구려와 신라로 나라가 나뉘어져 있어도 두 사람의 사랑을 막을
수 없다는 것을 비장하게 전달해 준다.

〈목화꽃, 내 사랑〉(5막)은 2003년 8월 대구시립오페라하우스 개관을
기념하기 위한 공연작으로 창작된 작품이다. 이 작품이 공연될 때의 제
목은 〈목화〉였다. 대구가 지향하는 바가 섬유 패션 도시이기 때문에 고
려 시대 원나라에서 목화씨를 우리나라에 들여온 문익점의 사실(史實)을
극화한 것이다.

그러나 이 작품은 과거 사건의 재현에 그치지 않고, 처음과 끝을 현대
로 설정하면서 과거의 사실은 가운데 액자처럼 배치하고 있다. 제1막은
현대의 밀라노, 제5막은 현대의 대구로 설정되어 있고, 가운데 제2, 제3
막은 원나라 황실로, 그리고 제4막은 교지국과 고려국으로 설정되어 있
다. 제1막에서는 섬유 패션 산업을 발달시키기 위한 집념 하나로 5년 전
에 밀라노에 온 춘백의 삶이 그려진다. 제2막과 제3막에서 시간은 14세
기로 성큼 되돌아가 문익점의 원나라 생활이 묘사된다. 제4막에서는 원
나라 황제의 명을 거역한 문익점이 교지국으로 귀양가서 그곳에 나는 목
화를 고려로 반출하는 데 성공하는 과정이 그려진다. 그리고 제5막이 되
면 현대의 대구에서 춘백과 문익점 등 과거와 현재의 인물이 함께 등장
한다. 그리하여 작가는 과거와 현재는 단절된 것이 아니라 끊임없이 교
감하며 되풀이된다는 것을 이야기하고자 한다.

〈무영탑〉(4막 5장)은 2000년 경주세계문화엑스포 공연작으로 씌어진
작품인데, 2004년에 대구국제오페라페스티벌에서도 공연되었다. 석가탑
(일명 무영탑)의 제작과정에 얽힌 설화에서 소재를 취한 작품이다. 석가
탑 제작을 위해 백제에서 사로잡혀 온 아사달과 그를 사모하는 서라벌
귀족의 딸 금비, 아사달을 그리워하는 부여 마을의 아사녀와 그를 사랑
하는 고모래의 이야기가 중층 구조를 이루고 있다. 마침내 아사달을 찾
아 서라벌로 온 아사녀는 고모래로부터 아사달이 사고로 탑을 완성하지
못하고 죽었다는 거짓 소식을 듣고 연못에 몸을 던지고 만다. 뒤늦게 이
사실을 안 아사달 또한 아사녀의 사랑을 가슴에 품고 연못으로 뛰어든

다. 아사달의 몸이 연못에 서서히 잠기고 목탁소리가 들리고 나면 합창
단은 다음과 같은 애절한 노래를 불러 두 사람의 영혼을 위로한다.

합창 아사녀 그대 사랑 물 속에 잠겨 버렸고
아사달 그대 사랑 탑으로 남아 있는데
그대들 슬픈 사랑 석가탑에 엉기어서
오늘로 살아남아 우리 가슴 적시네
불국토에 뿌려졌던 그대들 사랑
동서남북 조화에 밑거름되리.

〈솔바람 소리〉는 우리나라 최초의 신부가 되고 순교한 김대건의 일생
을 작품화한 것이다. 이 작품 역시 김대건 신부의 순교를 과거의 사건으
로 박제되어 있는 것이 아니라, 오늘의 가톨릭에까지 영향을 끊임없이
주고 있는 것으로 드러내고자 했다. 그래서 제1막은 1984년 우리나라에
온 교황 요한 바오로 2세가 여의도에서 103위 시성식을 집전하는 장면
으로부터 시작된다. 여기에서 시성의 기쁨을 노래하는 민중들 사이로 김
대건 신부와 그의 아버지, 어머니, 어릴 때부터 김대건을 좋아하고 사랑
했던 순이가 발현하듯이 등장하여 함께 즐거워하는 장면이 표현된다. 그
리고 제2막부터는 다시 과거로 돌아가 천주교를 박해하는 정치적 사건
들, 감대건 가계의 사람들이 순교하는 장면, 김대건의 사제 서품과 귀국
활동, 체포와 옥중 생활, 그리고 순교 등의 역사적 사실이 드라마틱하게
전개된다.

김대건 군문효수 무섭지만 잠든 줄 모르는 그대들이 더 무서워
항상 나를 깨운 솔바람 소리 천년을 새롭게 하리
그대들은 사공이라 배를 끌고 가는 곳엔
나침반이 필요하나 그의 소용 모르도다
밝은 날이 오거든 모두 한편 되소서

김대건은 사형이 집행되기 직전에 이와 같은 노래를 부른다. 이 노래를 통해 우리는 삶과 죽음을 초월한 인간의 모습, 천년 뒤의 삶을 바라보는 선지자의 모습, 다른 이를 용서하고 이들이 화합하기를 기원하는 성인의 한 전형을 만나게 된다.

〈장어 선생〉은 작가의 작품 중에서 유일하게 현대인의 삶을 오페라로 꾸민 것이다. 주인공 갑수는 우리 시대 어디에서나 쉽게 만날 수 있는 그런 사람, 장삼이사(張三李四) 중의 한 사람이다. 중소기업을 경영하는 갑수는 처세에 능숙하고 돈을 버는 솜씨 또한 뛰어나다. 조금 특별하다면 어릴 때 그의 아버지가 좋아하던 장어요리를 지금까지도 유별나게 즐겨서, 주변 사람들로부터 장어선생이라 불린다는 점 정도이다. 갑수는 이렇게 결혼 후 20년 동안 그럭저럭 평범한 삶을 꾸려 왔고, 그의 아내 영숙 또한 남편 하나만 쳐다보고 사는 이 시대 보통 아내의 전형이다.

그런데, 갑수는 우연히 인터넷 카페에서 초등학교 여자 동기생인 화순을 만나고, 교묘한 방법으로 두 집 살림을 하면서 매우 적극적인 사람으로 변해 간다. 그리고 화순을 사모하고 있던 보험설계사 영길이 이들의 관계를 알아내고, 영숙, 화순, 영길은 갑수를 골탕 먹이기 위한 계교를 짜낸다. 마침내 갑수는 몇 번이나 속임을 당한 후에야 이 사실을 깨닫게 되고, 서로를 용서하는 사건들이 코믹하게 전개된다.

이 작품은 오페라가 대작(大作)일 필요가 없음을 알게 해 준다. 네 명의 등장인물과 몇 명의 코러스단원, 그리고 몇 가지의 관현악기만으로도 오페라 공연이 가능하고, 가족끼리 또는 연인이나 친구끼리 소극장에 오밀조밀 모여서 오페라 맛을 느끼기에 알맞도록 창작된 작품이다.

〈태형(笞刑)〉(1막 3장)은 김동인의 단편소설 〈태형〉을 각색한 것인데, 2003년 「디 오페라단」 창단 공연작으로 씌어졌고, 대구문화예술회관 대극장에서 공연되었다. 또 이 작품은 평소에 오페라의 대중화를 위해서는 작은 규모의 오페라 공연이 자주 있어야 한다고 생각한 대본작가와 작곡가의 의기가 투합되어 비로소 세상에 빛을 본 것이기도 하다.

작가는 〈태형〉을 각색하면서 원작에 충실하기보다는 현대인의 삶을 효과적으로 드러내기 위해 거의 개작에 가까운 작업을 시도하고 있다. 원작 〈태형〉에다 같은 작가의 작품 〈광화사〉의 모티프를 보태고, 어머니에 대한 주인공 화가의 심리를 소재로 삼았다. 그리고 현대인의 삶의 모습이 표면과 내면이 흔히 일치되지 않음을 드러내기 위해 주인공 역을 내면의 모습과 외면의 모습으로 분리했다.

제1장에서 좁은 감방 안에 갇혀 있던 죄수는 2막에서 30년 전의 젊은 시절로 돌아간다. 어머니를 그리워한 화가는 여자를 모델 삼아 그림을 그리는 데 집착하고, 여성의 육체적 매력에 끌리면서 모델을 겁탈하기도 하고, 여성 편력을 시작한다. 마침내 화가는 실수로 한 여성을 살해하고 시체를 유기하기에 이른다. 그리고 3막에서는 다시 감옥에서 내면적인 자아와 끊임없이 다투던 죄수 화가는 자살하고, 젊은 죄수는 좁은 감방 안이 조금 넓어졌다고 좋아한다.

〈풀잎 사랑〉(4막 2장)은 조선시대 명의 허준의 삶을 소재로 삼은 작품이다. 역사 속에 숨어 있던 명의 허준은 이인성의 소설 〈동의보감〉과 텔레비전 드라마를 통해 우리 시대의 생활 속으로 성큼 걸어 나왔다. 허준은 중국 의술에 기대기보다는 우리나라 산야의 어느 곳에서나 쉽게 구할 수 있는 약초들이 질병 치료에 더욱 효과적임을 밝힌 의원이다. 그래서 누구라도 값싸게 약재를 구해 질병을 치료할 수 있는 방안을 제시하는 데 일생을 바쳤다. 작품의 제목을 '풀잎 사랑'으로 삼은 것도 이를 드러내기 위한 방편이다. 작품에서 허준은 실제의 허준과 가상의 허준으로 나뉘어 등장한다.

제1막이 시작되면 허준이 완성한 의서 『동의보감(東醫寶鑑)』이 천장에서 무대 한가운데로 내려오고, 노년의 허준이 이를 감개무량한 듯이 쳐다본다. 이어서 허준1(실제의 허준)과 허준2(가상의 허준)가 대화하듯이 노래를 이어간다. 제2막에서는 약초를 찾던 허준이 산 속에서 심마니들과 할머니의 병을 고치기 위해 산삼을 찾아 나선 명옥을 만나서 이들에게 우리 약재의 소중함을 들려준다. 제3막에서는 임진왜란 당시 의주로 피난 가던 임금의 행렬이 어느 강가에 머물렀을 때의 일을 다루고 있다.

제4막이 되면 이제 노년이 된 허준이 자신의 역작인 『동의보감』이 무대 중앙으로 내려온 가운데 임종을 맞게 된다. 이처럼 〈풀잎 사랑〉은 허준이 상층과 하층을 두루 사랑하며, 이들의 질병을 두루 고칠 수 있는 의술을 찾아 일생을 바친 의성(醫聖)의 삶을 감동적으로 그리고 있다.

그리고 허준의 덕택에 할머니의 병을 고친 명옥이 의녀가 되어 허준을 끝까지 보필하고 임종을 지키게 한 것도 감동적인 모티프임에 분명하다. 허준이 숨을 거두기 직전 명옥이 "나으리께서는 저에게 언제나 햇살이었습니다. 저는 풀잎이었구요." 라는 노래는 작품의 제목 '풀잎 사랑'이 이 땅 산야의 약초일 수도 있고, 풀잎처럼 모진 생명을 이어가는 민초(民草)일 수도 있다는 함축적 의미를 담고 있다.

이 작품에서 반드시 짚고 넘어가야 할 부분이 등장 인물의 성격 창조 방식이다. 작중 인물의 성격을 형상화하기 위해 실제의 허준과 가상의 허준을 설정한 것은 상당히 이채로운 것이다. 작가의 이러한 작법은 2002년에 연극으로 공연된 〈나빌레라〉에서부터 시작된다. 조지훈의 삶을 극화한 〈나빌레라〉에서, 작가는 조지훈의 전체적 성격을 잘 드러내기 위하여 조지훈을 두 개의 분리된 인물로 제시하여 극적 효과를 거둔 적이 있다. 이는 프로이트의 심리학 이론을 작품에 적용시킨 예라고 할 수도 있다.

작품집에 실린 오페라 대본 일곱 편을 간단히 살펴본 바처럼 작가의 시선은 과거와 현재를 끊임없이 넘나들고, 역사 속의 삶과 현재의 삶이 하나의 거멀쇠로 굳게 연결되어 있음을 밝히고자 했다. 〈귀촉도〉에서 설아와 김수겸의 사랑과 죽음이 그렇고, 〈목화〉에서 섬유 산업의 발전을 위해 모든 것을 바친 문익점과 춘백의 삶이 그러하며, 〈무영탑〉에서 석가탑의 제작에 매진한 아사달과 그를 끝까지 사랑했던 아사녀의 삶과 죽음이 또한 그러하다. 또, 〈솔바람 소리〉의 김대건 신부의 삶과 순교는 현재에 이르러 성인으로 부활했고, 〈풀잎 사랑〉의 허준이 완성한 〈동의보감〉이 오늘날 민족의학의 모태가 되었다는 점이 또한 그렇다.

또, 작가는 현대인의 삶을 오페라에 담아내기 위해 노력했고, 작은 오페라를 통해 오페라의 대중화 작업을 이끌었다. 창작 오페라 대본 〈장어 선생〉과 김동인의 단편소설 〈태형〉을 각색한 오페라 대본 〈태형〉이 바로 이 점을 밝혀 준다.

그러나, 그럼에도 불구하고 오페라는 결코 쉽지 않은 예술이다. 훌륭한 대본을 제공할 수 있는 작가가 있어야 되고, 대본의 대사를 음악으로 바꾸어 놓을 수 있는 작곡가가 있어야 한다. 그리고 이를 무대 위에서 노래로 부를 수 있는 성악가가 있어야 한다. 이때 성악가는 노래 솜씨에 버금가게 연기에도 능숙해야 하는 어려움을 지니게 된다. 관현악단의 연주도 오페라에서는 빼놓을 수 없는 요소이다. 거기에다가 이러한 많은 요소들이 제 몫을 담당할 수 있는 공연장이 필요하다. 이 중 어느 하나라도 부족하게 되면 우리들은 예술적으로 승화된 오페라 공연을 보기 어렵게 된다.

마찬가지로 오페라 대본을 읽는 것도 결코 만만한 작업이 아니다. 산문으로 된 희곡에 길들여진 독자가 작품 속에서 끊임없이 전개되는 운문 대사에 적응하기는 쉬운 일이 아니다. 마음속에 상상의 무대를 그리며, 배우의 등·퇴장과 동작 등을 연상하며 희곡을 읽는 것도 쉽지 않은 일인데, 음악의 종류와 멜로디까지 연상하며 작품을 읽는 것은 지난한 일일 수밖에 없다.

그러나, 평소에 자주 극장을 드나들면서 무대를 눈에 익히고 배우들의 움직임과 대사를 유심히 관찰하면서 연극을 보아왔거나, 오페라 공연을 지켜 본 독자라면, 무대 위에서 전개되는 배우의 움직임과 운문 대사가 음악으로 바뀌는 감동을 쏠쏠하게 느낄 수도 있겠다. 이러한 관객과 독자가 많아야 작가가 추구하는 오페라의 대중화도 비로소 가능해질 수 있다. 무대 공연의 완성은 관객이 최종적으로 만들기 때문이다.

우리나라에도 오페라 전문 공연장이 여러 곳에 만들어져서 한 작품이 여러 해 동안 공연되고 관객들의 발길도 끊임없이 이어지기를 기대해 본다. 그렇게 되면 오페라 공연이 정신적 가치를 생산할 뿐만 아니라 산업적 가치도 지닌 예술로 자리잡을 수 있을 것이다.

김영일의 두 번째 작품집
목화꽃, 내사랑

인쇄일 초판 1쇄   2005년 11월 01일
            2쇄   2017년 06월 23일
발행일 초판 1쇄   2005년 11월 05일
            2쇄   2017년 06월 25일

편 저 김 일 영
발행인 정 진 이
발행처 새미
등록일 1994.03.10, 제17-271호

서울시 강동구 성내동 447-11 현영빌딩 2층
Tel : 442-4623~4 Fax : 442-4625
www. kookhak.co.kr
E- mail : kookhak2001@hanmail.net
ISBN 978-89-5628-185-8
가 격 12,000원

* 새미는 국학자료원의 자매회사입니다.
*저자와의 협의 하에 인지는 생략합니다.